El año de nuestra revolución

Cuentos y poemas

Judith Ortiz Cofer

Traducido al español por
Elena Olazagasti-Segovia

PIÑATA
BOOKS

PIÑATA BOOKS
ARTE PÚBLICO PRESS

Este libro ha sido subvencionado en parte por una beca del Fondo Nacional para las Artes, que cree que una gran nación merece gran arte; por becas de la Ciudad de Houston a través del Cultural Arts Council of Houston/Harris County y por el Exemplar Program, un programa de Americans for the Arts en colaboración con el LarsonAllen Public Services Group, creado por la Fundación Ford.

¡Piñata Books está lleno de sorpresas!

Piñata Books
A Division of Arte Público Press
University of Houston
452 Cullen Performance Hall
Houston, Texas 77204-2004

Diseño de la portada por James F. Brisson

Ortiz Cofer, Judith, 1952-
  [The Year of our revolution. Spanish]
  El año de nuestra revolución: cuentos y poemas / Judith Ortiz Cofer ; traducido por Elena Olazagasti-Segovia.
    p.   cm.
  Summary: A collection of poems, short stories, and essays address the theme of straddling two cultures as do the offspring of Hispanic parents living in the United States.
  ISBN 10: 1-55885-472-X (alk. paper)
  ISBN 13: 978-1-55885-472-7
  1. Hispanic Americans—Literary collections. [1. Hispanic Americans—Literary collections. 2. Spanish language material.]   I. Olazagasti-Segovia, Elena. II. Title.
PZ73.O72 2006
818'.5409—dc22   2005054529
                                                                    CIP
                                                                     AC

Algunos de los textos incluidos en esta colección se publicaron anteriormente. Se reconocen las previas publicaciones en la página vi, la cual se considera como una extensión de esta página. Todo el material le pertenece a Judith Ortiz Cofer.

♾ El papel utilizado en esta publicación cumple con los requisitos del American National Standard for Permanence of Paper for Printed Library Materials Z39.48-1984.

6 7 8 9 0 1 2 3 4 5   10 9 8 7 6 5 4 3 2 1

Para mi familia, aquí y en la Isla

Hazme desaparecer por los anillos humosos de mi mente,
por las ruinas neblinosas del tiempo . . .
—Bob Dylan, "Mister Tambourine Man"

Índice

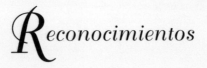

Reconocimientos

Algunas obras de esta colección aparecieron por primera vez en los libros *Terms of Survival* (Arte Público Press, 1987) y *Silent Dancing: A Partial Remembrance of a Puerto Rican Childhood* (Arte Público Press, 1990). "Kennedy en el Barrio" fue publicado por primera vez en *Microfiction: An Anthology of Really Short Stories*, editada por Jerome Stern (Norton, 1996). "Volar" fue publicado por primera vez en *In Short: A Collection of Brief Creative Nonfiction*, editado por Judith Kitchen y Mary Paumier Jones (Norton, 1996).

Origen

Lo que queremos saber:
En el inimaginable momento
de la unión de la carne de los padres,
¿hubo amor o
fuimos los herederos del descuido?
Esto importa,
que fuimos deseados; llamados
para realizar un deseo.
Que tuvimos razón de ser.

*V*olar

Cuando tenía doce años, yo era una ávida consumidora de cómics. *Superniña* era mi favorito. Gastaba los veinticinco centavos que me daban cada día en dos libros de doce centavos o en un número doble de veinticinco. En el armario de mi habitación, tenía un montón tan alto como yo de *Legión de Súper Héroes* y de *Superniña*. En esos días yo tenía un sueño recurrente: tenía una melena rubia y podía volar. En mi sueño, subía las escaleras hasta lo más alto de nuestro edificio, pero, a medida que subía cada piso, mi cuerpo iba cambiando. Escalón tras escalón me iba poniendo más rellenita: mis piernas se alargaban, mis brazos se ponían duros como el acero y, como por arte de magia, mi pelo se volvía lacio y dorado. Desde luego, mi imaginación añadía el bono de tener pechos, pero no demasiado grandes; Superniña tenía que ser aerodinámica, elegante y diligente como un cohete supersónico. Una vez en el techo, mientras mis padres dormían tranquilamente en su cama, me paraba de puntillas, estiraba los brazos como para volar y saltaba de la ventana de un quinto piso hacia el lago negro del firmamento. Desde allí, sobre las azoteas, podía verlo todo, incluso más allá de las pocas cuadras de nuestro barrio; con mi vista de rayos X podía ver el interior de las casas de la gente que me interesaba.

Una vez vi a nuestro casero, a quien yo sabía que mis padres le tenían miedo, sentado en el cuarto donde guardaba sus tesoros, engalanado con un abrigo de armiño y una gran corona de oro. Estaba sentado en el suelo contando los billetes. Le jugué una broma. Subí hasta el techo de su edificio y soplé con mi súper aliento por la chimenea, de manera que el dinero se esparciera para hacer que tuviera que empezar a contarlo todo otra vez.

En esos días, más o menos podía programar mis sueños de Superniña si me concentraba en lo que me obsesionaba en ese momento. De esa forma me metí en la vida privada de mis vecinos, mis maestros y, en los últimos días de mi fantasía infantil y el comienzo de mi adolescencia, entré en las habitaciones secretas de los chicos que me gustaban. Por la mañanas, despertaba en mi pequeña habitación, cuyo mobiliario blanco de estilo "princesa" que mi madre había seleccionado, resultaba inadecuado para nuestro diminuto apartamento, y me encontraba de vuelta en mi cuerpo; mis rizos apretados todavía colgaban de mi cabeza; mis brazos y piernas flacas y mi pecho plano no habían cambiado.

En la cocina, mi madre y mi padre hablaban bajito mientras tomaban café con leche. Ella me venía a "despertar" exactamente cuarenta y cinco minutos después de que ellos se hubieran levantado. Era el tiempo que ellos compartían al comienzo de cada día y, aún siendo niña, podía darme cuenta de su desazón si los interrumpía al levantarme demasiado temprano. Por eso me quedaba en la cama rememorando mis sueños de volar, quizás planeando mi próximo vuelo. En la cocina ellos discutían los acontecimientos del barrio. De hecho, mi padre se encargaba de esa parte de la conversación; cuando le tocaba hablar a mi madre, muy a menudo, ella cambiaba el tema expresando su deseo de ver a su familia en la Isla: —¿Qué te parecen unas vacaciones en Puerto Rico, todos juntos este año, querido? Podríamos alquilar un carro, ir a la playa. Podríamos. . . —Y él le respondía con paciencia y dulzura—: Mi amor, ¿sabes cuánto costarían los pasajes de avión para todos? No es posible que me tome unas vacaciones . . . Mi vida, por favor, comprende. . . —Y yo sabía que pronto ella se levantaría de la mesa, pero no abruptamente. Luego encendería un cigarrillo y miraría por la ventana de la cocina. Lo que se veía era un callejón deprimente cubierto de desperdicios que la gente arrojaba por las ventanas. El espacio era tan estrecho que nadie que no fuera tan flaco como un niño escuálido podía entrar sin peligro, así que nunca lo limpiaban. Después, mi madre vería la hora en el reloj sobre el fregadero, el que tenía una oración por la paciencia y la gracia escrita en español. Un regalo de cumpleaños. Vería que era hora de ir a despertarme. Suspiraría profundamente y diría lo mismo que el paisaje de la ventana siempre le hacía decir: —Ay, si yo pudiera volar.

$\mathcal{E}$l significado del amor

1

En el entierro de mi padre, la mayoría eran mujeres. Yo diría que fluctuaban entre mi edad, dieciocho, y la de mi madre, más o menos el doble de la mía. Me parecían un coro griego, tal vez porque acababa de ver una producción de *Antígona* en el City College durante una excursión de fin de curso con mi clase en el penúltimo año de secundaria. Las mujeres —había por lo menos tres a las que reconocía como familiares o amigas— vestían de negro. Y como era un entierro puertorriqueño, también la mayor parte de nosotros vestía así, pero lo que distinguía a esas mujeres era su pose. Estaban muy emperifolladas para el entierro, como si fueran actrices con todo y maquillaje, hasta con velos. Como mi padre había tenido un trabajito adicional de maestro de ceremonias en un club nocturno local, muy bien podían haber sido parte de la compañía. Pero sus lágrimas me parecían sinceras. Se mantenían en grupo como si tuvieran algo en común. Tenía la fuerte sensación de que su vínculo era, mejor dicho, había sido, mi padre.

Mi madre no les prestaba atención a las mujeres y me suplicaba con la mirada que hiciera lo mismo. Pero yo no podía quitarles los ojos de encima. Había sido una regla implícita en nuestra casa no hablar de la vida nocturna de mi padre, ni siquiera admitíamos que la tuviera. Hablábamos solamente de su trabajo diurno como encargado de seguridad y mantenimiento de un edificio de apartamentos. Lo que hacía después de las diez de la noche era algo de lo que nunca supe nada hasta que llegué a tener edad suficiente para quedarme a escuchar los susurros frenéticos que intercambian mis padres y el cerrar suave pero firme de la puerta. Según fui creciendo, la gente se desvivía por contarme del Romeo puertorriqueño: conserje de día, tenorio de noche.

2

Había estado tratando de pasar tiempo con mi madre desde la muerte de Papi, pero ella no estaba cooperando. Ella tenía otros planes que no me incluían a mí: recibir los consejos para viudas del Padre Colinas, el nuevo pastor español de la iglesia católica del barrio. Durante semanas después del entierro evitó estar a solas conmigo, con la excusa de que tenía dolor de cabeza o fingiendo que estaba demasiado cansada para hablar cuando yo volvía de la escuela. Cuando empezaron las vacaciones, fue evidente que ella no quería hablar con nadie acerca de mi padre. Y no derramó ni una sola lágrima, por lo menos no delante de mí. Pasaba todo el día haciendo trabajo voluntario con otras mujeres de la iglesia. Parecía estar diciéndole al mundo que esto era lo que había querido durante todos esos años: Hacer trabajo voluntario e ir a la iglesia cada vez que quisiera, sin tener que darle explicaciones a su marido. Según mi padre, la ironía era que, cuando se habían conocido, ella de veras quería ser la esposa de Cristo, pero se había conformado con él. Eran la pareja más dispareja que podía haber. Ella olía a incienso, y él, a ron puertorriqueño.

Cuando las clases terminaron, me vi con muchísimo tiempo libre, porque no había tratado de conseguir un trabajo de verano pensando en que ella querría que estuviera a su lado cuando por fin sintiera el golpe de la muerte de mi padre. De veras pensaba que lo mismo que me estaba pasando a mí le pasaría a ella. Yo me había sentido como aturdida todo el tiempo, desde el momento en que la policía vino a la casa a las dos de la mañana a decirnos que Papi se había desplomado en el Luna del Caribe y lo habían llevado al Hospital Memorial, adonde llegó ya muerto de un infarto masivo, hasta el entierro que los amigos de la iglesia de mi madre habían organizado.

Era como si las cosas estuvieran ocurriendo fuera de mí. Seguía diciéndome "Papi está muerto", "Papi está muerto" y, cuando lo decía en español, por alguna razón, sonaba más dramático. Pero verdaderamente no caí en la cuenta hasta que vi a mi madre limpiar el ropero de él y sellar todas sus cosas en cajas. Lo hizo todo como si fuera una limpieza rutinaria. Sus trajes elegantes con solapas y bolsillos de raso, que el club había enviado en bolsas plásticas, los dobló y los puso en una caja que decía "Ejército de Salvación". Su ropa de trabajo la puso en una que decía "Iglesia". Supongo que estaba demasiado avergonzada del atuendo del club nocturno como para enviarlo a la iglesia para el bazar. Dividía la vida de mi padre como siempre lo había hecho.

Parada junto a la puerta, el observarla hacer desaparecer la vida de mi padre en ordenados paquetes hizo que me enojara; y, cuando le hablé, ella, que estaba de rodillas, saltó sobresaltada por el tono de mi voz. Tropezó y se golpeó el codo con la mesita de noche. Vi el dolor intenso en su cara y pensé: "Bien, tal vez ahora llorará, al menos por el golpe". Pero no lo hizo. Le dije sin pensar: —¿Por qué te casaste con él? —Ella se quedó mirandome un buen rato, o así me pareció. Luego dirigió su mirada hacia la caja que contenía los trajes de etiqueta y las corbatas de lazo rojas.

—Pensé que podría cambiarlo, que podría ayudar a salvarlo —dijo con voz monótona. Entonces volvió a arrodillarse y continuó sellando cajas y rotulándolas.

En ese momento me encerré en mi habitación y lloré como no lloraba desde que era una niñita y ella me castigaba con sus silencios. Entonces me di cuenta de que estaba sola. No es que Papi hubiera representado mucha compañía para mí, pero me había permitido creer que había otro mundo fuera de nuestro apartamento que tal vez algún día yo descubriría. Y así fue. Para aumentar mi desesperación, el mundo secreto de mi padre me parecía tan miserable como las obsesiones religiosas de mi madre. Ahora que él se había marchado, lo único que podía hacer era tratar de ver si había algo que podía descubrir acerca de la vida de mi padre que pudiera ayudarme a aceptarla y permitir que siguiera adelante con la mía. Para mí, él había sido el apuesto visitante que veía brevemente a la hora de cenar, entre el trabajo diurno y el nocturno. A la mesa, toda la comunicación era dirigida y censurada por mi madre, quien desviaba toda conversación de su larga lista de temas prohibidos, encabezada por el trabajo de mi padre en el club nocturno.

Pero tan pronto cumplí dieciocho violé la regla principal de la casa. Una noche, diciendo que tenía que hacer una tarea de último momento en la biblioteca, tomé la guagua al "Luna del Caribe". Con maquillaje podía verme tan adulta como quería, y entré como si fuera una cliente habitual. En cualquier caso, lo importante es la actitud. Nadie me hizo preguntas. El lugar era mucho más pequeño de lo que imaginaba. En realidad, no era más que un salón pobremente iluminado con un bar al fondo. Olía a cerveza rancia y, peor, a almacén que no ha sido ventilado en un montón de tiempo.

Decidí buscar un asiento al fondo. Me deslicé en él y sentí que mis medias se rasgaban con el vinilo áspero. La superficie de la mesa estaba pegajosa, así que conservé las manos en la falda. Observé a un hombre que preparaba el bar. Una mujer más o menos de la edad de mi madre, pero que llevaba una falda absurdamente corta con ropa interior fruncida, se inclinaba sobre las mesas para encender unas velas amarillas parecidas a las de matar insectos. Pensé que ella podría adivinar mi edad o pedirme alguna identificación. Pero otros clientes empezaron a entrar y ella saludaba a cada hombre en voz alta por su nombre, y luego iba a pedir las bebidas al bar. Me deslicé hacia el final del asiento al lado de la pared, donde pensé que nadie podría verme a menos que se acercara. Entraron varias mujeres y se sentaron en los taburetes del bar. Me pareció reconocer por lo menos a una de nuestro edificio. Ella vivía sola y llamaba a mi padre por lo menos una vez a la semana para que le arreglara algo en su casa. Creo que se llamaba Mercedes, pero mi madre la llamaba "La Fulana" —como se le llama a alguien que no merece un nombre. "Te llama la Fulana", siempre le decía a mi padre mientras le alcanzaba el teléfono con dos dedos como si fuera algo sucio.

Del tocadiscos salió música de salsa a todo volumen por un rato y algunos de los hombres en las mesas se dirigieron hacia el bar donde estaban la mujeres. Allí las parejas se organizaron y fueron hacia las mesas.

Entonces las luces disminuyeron y, desde la mesa más lejana, vi a mi padre salir al escenario vestido con su traje de etiqueta azul claro con anchas solapas negras. Todo lo que llevaba puesto brillaba, desde los zapatos que reflejaban la luz del foco como estrellas negras hasta el bigote tupido y el pelo ensortijado. Era un hombre diferente del que llegaba a casa a eso de la seis de la tarde, con su mameluco gris de conserje oliendo a amoníaco y cera de piso. No quería sobresaltarlo dándome a conocer tan pronto. Iba a esperar hasta que terminara el espectáculo para decirle que lo había estado observando y que me sentía muy orgullosa de él. Tenía total confianza en que se alegraría de que hubiera desobedecido a Mamá. El método que solía utilizar para decidir lo que a cada uno de mis padres le gustaría o no era simplemente pensar en términos opuestos: lo que mi madre consideraba sagrado, para mi padre era motivo de burla; y lo que le encantaba a mi padre, a mi madre le parecía despilfarrado, pecaminoso o profano.

—Tito —decía mi madre cuando él salía del cuarto los sábados por la noche con su llamativa guayabera y perfumado como si se hubiera bañado en Aqua Velva, mientras ella y yo íbamos a un servicio de oración o a una película apta para todo público en el Imperial y él iba al Luna del Caribe o algún otro lugar.

—Le estás enseñando las malas mañas del diablo a nuestra hija con tu ejemplo —lo amonestaba apuntándole con el dedo.

—Y tú, mi amor, llevas una multitud celestial detrás de ti —se reía, palmeándole el trasero, mientras pasaba al lado nuestro y se dirigía a la puerta—. Isabel no tiene nada que temer cuando la llevas de la manita. —Entonces me guiñaba un ojo y se marchaba.

∽❧

Se puede decir sin temor a equivocarse que mi padre y yo siempre fuimos como dos desconocidos debido a la estricta vigilancia de mi madre durante todos esos años. Yo siempre quise saber más de él y, cuando ella estaba trabajando en la cocina, a veces me metía en su cuarto y miraba en su lado del armario. Él debía haber guardado toda la ropa de su espectáculo en el club. Nunca vi nada más escandaloso que un chaquetón negro de etiqueta. Una vez desenterré una larga cigarrera de su bolsillo y me lo imaginé vestido como Clark Gable en una película, exhalando círculos perfectos de humo hacia un público que lo adoraba en un lugar reluciente donde él era "rey de la noche". Mamá no le permitía fumar en nuestro apartamento. Pero, si bien ella criticaba su forma de vestir, se mataba planchando las camisas y los pantalones obsesionada con lograr la perfección. Sin embargo, odiaba que él se vistiera con colores chillones y zapatos de dos tonalidades. Ella llevaba faldas sueltas, blusas de algodón y zapatos sin tacón. Yo tenía que llevar lo que ella me dijera, pero siempre encontraba la forma de rebelarme, como meter en la bolsa de la escuela ropa que me había comprado con el dinero que ganaba cuidando niños para luego cambiarme en el baño de las niñas antes y después de las clases. Según me fui haciendo mayor, también decidí que quería saber más acerca de Papi.

El año antes de que él muriera, la relación entre mi madre y yo fue especialmente mala. Yo había conocido a un chico con quien quería salir y ella se opuso terminantemente porque él era protestante y porque además, yo era demasiado joven para salir con chicos, según ella. A pesar de todo, me escapaba a hurtadillas para verlo. Ella estaba tan metida en la iglesia y en las actividades del barrio que yo siempre podía salir a ver a Héctor. Él vivía en nuestro edificio y yo le caía bien a su madre, doña Caridad, quien me invitaba a ir a su apartamento. Héctor y yo no duramos mucho juntos. Ninguno tuvo la culpa; simplemente me aburrió. No hablaba más que del béisbol. Pero empecé a ver que mi madre era verdaderamente una persona triste y amargada. Parecía que ella no creía que dos personas pudieran ser felices juntas. Por lo tanto, decidí tratar de hablar con Papi. Pero primero quería ver por mí misma cómo era su otra vida, su mundo nocturno. Me imaginaba que era lo opuesto a las aburridas rutinas de mi madre. Sofisticación. Gente guapa. Es lo que pensaba que le aguardaba a Papi cuando salía de nuestro apartamento por la noche.

3

Esa noche en el Luna del Caribe me senté en la oscuridad donde él no pudiera verme pero yo sí a él. Él estaba en un cuarto cerca de la cocina, a mi espalda, y a través de la puerta abierta lo vi y lo escuché discutir el programa de la noche con un joven moreno a quien llamaba Mano. Hablaban en español, y, por su acento, pude advertir que era cubano. Envidiaba la facilidad con la que hablaban. En casa, la conversación siempre era medida. No recuerdo que Mamá se riera en voz alta de los chistes de mi padre, los cuales casi siempre consideraba de mal gusto. Sin embargo, aquí él le decía al cubano algunas cosas que me hacían sonrojar, pero me gustaba oírlo reír tan libremente.

Cuando vino el mesero, le pedí un vaso de vino. El primer vino no consagrado de mi vida. Era dulce como el jugo de uva. Entonces subió el telón de terciopelo rojo y me eché para atrás en el asiento a observar a mi padre presentar el primer acto. Irradiaba encanto cuando hablaba en español ante el micrófono. Dijo un chiste sobre un hombre cuya mujer le era infiel y a quien sus amigos le preguntaban cómo podía soportarlo. "No está hecha de jabón; no se va a gastar", contestaba el marido. Algunos clientes se rieron un poquito. Yo no lo entendí. Pero resultó ser el preludio para la primera actuación de la velada.

Al redoble del tambor, sacaron a una mujer gorda, a la cual llamaban la señora Palmolive, metida en una bañera llena de burbujas, y la pusieron en el medio del escenario. Allí atrajo a Tito hacia ella, después de llamarlo estirando su nombre en una nota aguda como un perro ladrando a la luna. Le dio un ruidoso beso en la boca que resonó por todo el pequeño lugar. Empezó a cantar una canción en español compuesta mayormente por referencias obscenas a la anatomía femenina. Entonces, muy fuera de lugar, estalló una grabación del "Splish, Splash" de Bobby Darin, y entraron corriendo al escenario dos mujeres que sólo llevaban puestas unas toallas. Le dieron a la señora Palmolive una toalla, al mismo tiempo que hacían piruetas alrededor de ella de modo que el público entreviera una buena cantidad de carne. Luego, las tres hicieron un número rápido en el cual maniobraban las toallas para dejar ver una nalga o un pecho. Era poco profesional y vulgar.

Para cuando mi padre regresó al micrófono para anunciar una breve pausa, mientras "las señoras se secan y los hombres se van a tomar una ducha fría —es broma, amigos", yo me disponía a marcharme. No estaba enojada, sólo muy decepcionada y un poco asqueada. No podía mirarlo a la cara. Nos avergonzaríamos los dos. Sentía, más que nada, tristeza de que mi padre se hubiera conformado con esto o que hubiera llegado a esto. Él era inteligente. Tenía que saber lo degradante que era su trabajo.

❧

Cuando empecé mi último año en Eastside High, mi vida familiar pasó a ocupar un segundo plano después de mi interés por este otro mundo que se había abierto ante mí. Estaba enamorada de un chico que acababa de mudarse de California. Pablo era chicano, y era el chico más guapo que jamás había visto. Su piel era del color de un chavito nuevo y, aunque no era muy alto, tenía el cuerpo de un nadador. Me dijo que lo que más echaba de menos de California era la playa. Como tocaba la guitarra, no pasó mucho tiempo antes de que se juntara con una banda de varios muchachos puertorriqueños y empezara a ganar dinero tocando en bodas y bautizos en el barrio. Eso era algo con lo que se podía contar en aquel entonces: nadie tenía dinero, pero había una fiesta cada sábado por la noche. Si era en una casa católica, me daban permiso para ir. Así que logré estar bastante con Pablo.

Sin embargo, no podía dejar de pensar en la otra vida de Papi, especialmente debido a que mi madre había construido una pared entre nosotras con la que se me hacía difícil vivir. Por eso, después de terminar las clases, y una vez que Pablo se fue a California a visitar a su hermana casada, decidí regresar al Luna del Caribe. En esta ocasión, fui temprano y esperé por la puerta lateral, por donde había visto entrar y salir a los empleados. Me escondí detrás de unas cajas de licor vacías y me asomaba cuando oía pasos. Vi a Mano salir y pensé en tratar de hablar con él, pero luego se me ocurrió que tal vez se llevaría una mala impresión de mí, por lo que decidí esperar a una de las mujeres del espectáculo. Quería hablar con una de las tres mujeres que habían venido al entierro de Papi. Si él les importaba tanto, pensaba que me permitirían hacerles algunas preguntas.

La señora Palmolive fue la primera en llegar. Había escuchado el agudo taconeo de sus zapatos a lo lejos y había respirado profundamente. ¿Qué pasaría si estaba haciendo algo equivocado? Era un vecindario peligroso. ¿Y si llamaban a mi madre para decirle que estaba allí, o a la policía? Pero tenía que saber de Papi, o nunca tendría paz ni una oportunidad de entender lo que lo había llevado a ser lo que fue. Así que salté de mi escondite cuando la señora P. se acercó a la puerta. Ella soltó un chillido y abrió los ojos de par en par. Era mayor de lo que parecía en el escenario, su rostro era una máscara de maquillaje. Sus ojos cansados estaban delineados con lápiz negro y bordeados de largas pestañas postizas. Largas líneas le enmarcaban la boca roja. Ella me asustó a mí también. Por eso me imagino que las dos nos quedamos allí mirándonos hasta que yo dije: —Disculpe, por favor, señorita Palmolive. Lamento haberla asustado. —Hablé en español y en inglés, lloriqueando mis disculpas como si fuera una idiota. Ella me miró como si yo fuera una extraña aparición. Entonces se rió y meneó la cabeza.

—Hiciste que me hiciera pipí, niña. —Al oírla decir pipí con la vocecita de la Ratoncita Minnie, me reí como una tonta. Supongo que para entonces yo estaba un poco histérica. Recordé que al oírla cantar pensé que esa vocecita no podía provenir de esa montaña de carne rosada. No es que fuera gorda. Supongo que se le podría llamar muy voluptuosa (por las revistas que he visto en las casas de algunos de mis amigos sé que a los hombres puertorriqueños les gustan las mujeres con carne en los huesos). Por lo menos así era para los de la generación de mi padre.

—Lamento haberla asustado —repetí tratando de hacer que mis manos dejaran de temblar.

—Tú eres la hija de Tito, ¿verdad?

Extendió la mano hacia mí. Sus uñas eran como de una pulgada de largo y estaban pintadas de un rojo brillante. La estreché y me pareció que era demasiado suave. Pero supuse que se debía a que la remojaba mucho en agua. Recordarla en la bañera que arrastraban al escenario me dio ganas de estallar en un mar de risas y miré al piso tratando de recobrar mi compostura.

—¿Estás bien? Tú eres Isabel, ¿verdad? La muerte de tu Papi te debe haber afectado mucho. Ven. Vamos a tomarnos un trago. Digo, una taza de café.

Logré asentir con la cabeza y dejar que me llevara tras bastidores, un lugar peor que el club en sí. El pasillo estaba iluminado por una bombilla que se balanceaba en el techo y dejaba ver las grietas en las paredes amarillas. Pasamos varias puertas que tenían nombres escritos con marcador negro. Una decía "Privado", así que pensé que era la del dueño o del administrador, la próxima decía "Tito", y sobre el nombre tenía una estrella dibujada a mano, como las que los niños dibujan por todas partes en sus libretas. Alguien había colocado rosas en el piso frente a la puerta. Estaban secas y, cuando pasamos, los pétalos se esparcieron bajo mis pies. Seguí a la señora P. hasta el fondo del pasillo, donde entró por una puerta de color rosa vibrante.

—Las pintamos nosotras mismas —dijo mientras yo me detenía a mirar las calcomanías pegadas a la puerta. Eran los personajes de los dibujos animados de

Disney. Ella colocó una uña roja sobre el hipopótamo bailarín de Fantasía—. Ésa soy yo —dijo y me guiñó un ojo.

Obviamente era el vestidor de varias mujeres. Una percha de vestidos llenaba el espacio pequeño de un fuerte olor a sudor y perfume. Había sillas plegadizas frente a un espejo largo, tan gastado que hasta se podía ver la pintura negra de la parte trasera en varios lugares. El mostrador estaba completamente cubierto de cosméticos, cepillos de pelo, botellas de refrescos que aún no estaban del todo vacías y una gran cantidad de medicamentos. Debo haber fijado los ojos en un tubo de crema para hemorroides porque la señora P. lo tomó y me explicó que las chicas lo usaban para reducir la hinchazón debajo de los ojos. —El truco de una antigua modelo que una de ellas leyó en una revista.

—¿Funciona? —Estaba fascinada por el lugar y su contenido. Por nada del mundo usaría ni me pondría nada de lo que había allí, a no ser para una fiesta de disfraces. Pero tal vez eso era la vida de esta mujer, una fiesta de disfraces.

Ella dispuso dos sillas plegadizas y me llevó a la que no estaba de cara al espejo.

—Siéntate, mi amor. Tengo que empezar a prepararme para mi solo. Pero haré que Mano nos traiga un café.

Sacó la cabeza y le gritó a Mano que necesitaba dos tazas de café. —Ahora mismo. —Su voz aguda sonó como un pitido y resonó en las paredes.

Para mi asombro, se sacó el vestido. Llevaba un refajo rojo.

—Señora Palmolive, puedo salir mientras usted se viste —dije, con la esperanza de que no le ofendiera mi timidez. Nadie se quitaba la ropa delante de mí en mi casa, y sentí que las mejillas me ardían.

—Lo siento, niña. No tengo buenos modales. Me vestiré detrás de la percha. Se me olvida que alguna gente tiene modestia, tú sabes. Y por cierto, señora Palmolive no es mi verdadero nombre. Me llamo Bernarda López Rivera, para servirte. Pero no puedo usar ese nombre cuando actúo. Demasiado decente. Fue a Tito, tu papi, a quien se le ocurrió llamarme señora Palmolive. Por el jabón de baño. Tú sabes, por el acto de la bañera.

Me hablaba por detrás de la percha y su voz llegaba amortiguada y distante mientras luchaba para meterse en su vestido.

—Señora Bernarda —de pronto sentí ganas de largarme del cuarto sofocante que olía a mujeres a las que mi padre había conocido tan bien como para darles nombres artísticos. Tocaron a la puerta y se oyó un "¡Entre!" por detrás de la percha.

Era Mano, que traía dos tazas de café en una bandeja de metal que anunciaba la cerveza Pabst Blue Ribbon. Me sonrió. —La hija de Tito. —Me dio una de las tazas y me saludó con la cabeza—. Es bueno volver a verte.

Sorprendida por sus palabras, derramé un poco del café caliente en mi falda. Me quemé el muslo. La mujer salió a ver a qué se debía el alboroto. Supongo que debí haber emitido un sonido de dolor.

Mano dijo: —Le buscaré un poco de hielo.

Yo lloraba, pero no sólo del dolor. ¿Qué había querido decir él con lo de que le alegraba *volver* a verme? ¿Cuándo me había visto?

En su ridículo traje de tela de toalla, Bernarda se sentó frente a mí y me aplicó un poco de loción Jergens sobre la marca roja en mi muslo. Traté de hacer que parara. Entonces Mano entró con un vaso de hielo y una toalla de cocina. Los puso en la mesita del tocador y se apresuró a salir después de echarle un vistazo rápido a la quemadura. Mientras cerraba la puerta dijo: —No es serio.

No era como para llorar, parecía ser el significado de "No es serio". Hubiera querido preguntarle dónde me había visto antes.

Después de envolver el hielo en la toalla, la mujer me la dio y se echó para atrás en su silla.

—¿Por qué estás aquí, niña? —Su tono había dejado de ser juguetón. Tenía los brazos cruzados sobre su pecho abundante y fruncía el ceño.

—Déjate el hielo sobre la quemadura —dijo mientras yo seguía sollozando descontroladamente. De repente me sentí como una niña en un lugar para adultos. Oír a esta mujer mencionar el nombre de mi padre con tanta intimidad me había hecho sentir mucho resentimiento y miedo. ¿Habría él amado a esta horrible mujer toda pintarrajeada?

—Vine a preguntarle acerca de mi padre —por fin logré controlarme. Me limpié la cara con la toalla fría. —Él murió aquí, prácticamente vivía aquí —dije—. Quiero saber . . .

—Quieres saber si él tenía una mujer aquí, ¿verdad? —Arrastró su silla hacia el espejo y habló con su reflejo—. Tu padre pasaba mucho tiempo aquí, es cierto. Pero no por las razones que tú crees.

—Entonces, ¿por qué? —Tenía miedo de enterarme de la vida secreta de mi padre en este lugar, pero no podía regresar a casa sin saber.

—Tenía amigos aquí, admiradores . . . gente que lo apreciaba y lo respetaba. En su casa no tenía más que crítica y rechazo por parte de tu madre. Ella no entendía a nuestro Tito, niña.

—Él no era su Tito —dije con más rabia de la que quería expresar—. Lo siento —dije.

—No. Tienes razón. Él era tu padre. Pero era nuestro compañero. Él sólo amó a una mujer. Sin embargo, él quería que ella lo amara y lo aceptara como él era, y ella nunca pudo hacer eso. Así que fue una guerra constante. Esa mujer era tu madre.

—¿Cómo sabe usted todo esto?

—Porque yo . . . y se me hace difícil decirte esto . . . yo amaba a Tito. Traté por todos los medios de convencerlo de que se fuera de su casa. Pero él seguía pensando que un día ella cambiaría. Según fueron pasando los años y las cosas empeoraron, empezó a pasar más y más tiempo en la "Luna", como solía decir. Pero estaba orgulloso de ti. Él pensaba que tú eras valiente y que un día llegarías lejos.

Yo había estado observando su rostro en el espejo. Me había preparado para odiar a esta bailarina de club nocturno de mala muerte. Señora Palmolive, la que se desnudaba, la querida de mi padre. Pero entonces vi que las lágrimas estaban creando dos surcos en su cara. Ella estaba sufriendo sinceramente por la muerte de mi padre.

—¿Hablaba de mí?

—A todo el que estuviera dispuesto a escuchar. Tenía fotos tuyas en las paredes de su camerino también. Tal vez todavía están allí. Ve a ver. Pero, niña, tengo que vestirme para mi espectáculo. ¡Y tengo que volver a maquillarme! —Otra vez había recuperado su falsa alegría y me di cuenta de que me estaba echando.

—Una última pregunta.

—Contestaré una pregunta más, señorita. Pero entonces tendrás que irte. Tengo trabajo, tú sabes.

—¿Qué quiso decir Mano cuando dijo que me había visto antes?

Bernarda me puso la mano bajo el mentón e hizo que la mirara a sus ojos húmedos, oscurecidos y manchados por el maquillaje.

—Tu padre te vio la noche que te sentaste en la cabina al fondo. Todos sabíamos que estabas allí y tratamos de convencerlo de que no hiciera el espectáculo. Sin embargo, él quería que tú lo vieras tal y como él era en realidad. Esperaba que tú le hablaras.

Le di las gracias y salí del Luna del Caribe sintiéndome completamente confundida. ¿Qué significa el amor cuando no se puede hablar abiertamente con la gente más allegada a uno?

Cuando llegué a casa, vi a mi madre sentada a la mesa de la cocina muy concentrada en algo. Silenciosamente me le acerqué por la espalda. Tenía una serie de fotos esparcidas como si fueran cartas de tarot. Las movía como si tratara de encontrar el diseño adecuado. Las fotos eran de ella y Tito cuando eran una pareja joven, tal vez durante su luna de miel en Puerto Rico. También había una foto de la boda, en la que él parecía una estrella de cine, y ella, una admiradora bonita y tímida que lo miraba a los ojos. En el medio había una foto de nosotros tres cuando yo era una bebé. Los ojos de ella empezaban a verse tristes para ese entonces.

Puse las manos en sus hombros y la abracé.

—Estaba a punto de guardarlas. Antes de que regresaras.

—¿Lo amabas? —le pregunté.

—Él fue el amor de mi vida —dijo—. Ay, hija, cuánto me habría gustado que él me hubiera querido también.

La sentí temblar y supe que ahora podría llorar y empezar a liberarse de la rabia, como lo había hecho yo. Y tal vez le contaría de los "viajes a la Luna", de la señora Palmolive y de por qué él siempre había vuelto a nosotras.

Vida

Para un niño, la vida es una obra de teatro dirigida por padres, maestros y otros adultos que dan direcciones constantemente: "Di esto", "No digas eso", "Párate aquí", "Camina así", "Ponte esa ropa", etc. Si no entendemos o no le hacemos caso a una indicación, se nos castiga. Y por eso memorizamos el guión de nuestra vida según lo interpretan nuestros progenitores, y aprendemos a no improvisar demasiado: al mundo —nuestro público— le gustan los dramas bien hechos, en los cuales cada personaje está en su lugar y donde no hay demasiados brotes de brillantez o de sorpresa. Pero, de vez en cuando, entran nuevos personajes al escenario y los escritores tienen que luchar para hacer que encajen y, por un momento, la vida se vuelve interesante.

Vida era una chilena preciosa que un día simplemente apareció en el apartamento ubicado encima del nuestro y se introdujo en nuestro drama diario. Ella y su familia vinieron como refugiados.

Era esbelta como una bailarina; tenía piel clara y pelo negro corto. Parecía una gacela el día en que se dirigió a nuestro apartamento por primera vez. Venía a pedirnos algo prestado. Su acento nos encantó. Dijo que acababa de llegar de Chile con su hermana, la hijita recién nacida de ésta, el esposo de su hermana y su abuela. Todos juntos vivían en un apartamento de un cuarto en el piso de arriba.

Debe haber habido una historia interesante de exilio político, pero yo era demasiado pequeña como para que me afectaran esos detalles. Vida, la encantadora muchacha que parecía una de las modelos en las revistas de modas que me empezaron a interesar al cumplir doce años, me fascinó inmediatamente. Ella llegó a mi vida durante una de las largas ausencias de mi padre, así que él no interfirió en mi relación con este ser humano tan vibrante. No era amistad: ella era unos años mayor que yo y estaba demasiado pendiente de sí misma como para prestar atención a mi devoción. Era más una relación del tipo Sancho Panza-Don Quijote de La Mancha, en la que yo la seguía mientras ella exploraba el poder de su juventud y su belleza.

Vida quería ser estrella de cine en Hollywood. Por eso había venido a los Estados Unidos, decía ella. Yo creía que llegaría a serlo, aunque casi no hablaba inglés. Ése era mi trabajo, decía, enseñarle a hablar inglés perfectamente, sin acento. Había terminado la escuela secundaria en su país y, aunque sólo tenía dieciséis años, no iba a la escuela en Paterson. Tenía otros planes. Iba a encontrar un trabajo tan pronto como tuviera los papeles; ahorraría dinero y se iría a Hollywood lo más pronto posible. Me preguntó si Hollywood quedaba lejos. Le enseñé el estado de California en mi libro de geografía. Con el dedo trazó una línea desde New Jersey hasta la costa oeste y sonrió. A Vida nada le parecía imposible.

Cuando la conocí era verano y pasábamos los días en el solarcito cercado detrás del edificio de apartamentos, evitando entrar lo más posible ya que a Vida le deprimía oír a su familia hablar de la necesidad de encontrar trabajo, aguantar los olores agrios de la bebé y recibir los sermones constantes de su obesa abuela, quien se sentaba en el sofá todo el santo día como si fuera un montón de ropa a mirar programas de televisión que no entendía. El cuñado me daba un poco de miedo por sus ojos intensos y su constante ir y venir de un lado para otro en el cuarto. Le hablaba en susurros a su esposa, la hermana de Vida, cuando yo estaba presente, como si no quisiera que yo escuchara asuntos importantes, haciéndome sentir como una intrusa. No me gustaba mirar a su hermana. Parecía una Vida que se había quedado a la intemperie por demasiado tiempo: con la piel pegada a los huesos. A Vida no le caía bien su familia tampoco. Cuando le pregunté, dijo que su madre estaba muerta y que no quería hablar del pasado. Vida sólo pensaba en el futuro.

Una vez, cuando estábamos a solas en su apartamento, me preguntó si quería verla en traje de baño. Se fue al cuarto de baño, se cambió y salió usando un apretado traje de baño rojo de una pieza. Se reclinó en la cama en una pose que obviamente había visto en una revista. —¿Crees que soy hermosa? —me preguntó. Le contesté que sí, abrumada de repente por una sensación de desesperanza por ser flaca y tener brazos y piernas huesudos y el pecho plano. "Esquelética", me había susurrado Vida en una ocasión, sonriéndome malvadamente después de tomar mi cara entre sus manos y sentir mi cráneo tan cerca de la superficie. Pero inmediatamente después me dio un beso en la mejilla y me aseguró que me "llenaría" pronto.

Ese verano, mi vida dio un giro. Hasta la llegada de Vida, mi madre había sido la fuerza magnética alrededor de la cual giraban todas mis acciones. Como mi padre se iba por largos períodos de tiempo, mi joven madre y yo habíamos desarrollado una fuerte relación simbiótica, en la cual yo desempeñaba el papel de intérprete e intermediario ante el mundo. A temprana edad supe que sería la persona que se enfrentaría con caseros, médicos, vendedores de tiendas y otros "extraños" cuyos servicios necesitáramos durante la ausencia de mi padre. El inglés era mi arma, mi poder. Mientras ella viviera su sueño de que su exilio de Puerto Rico era temporario y, por lo tanto, no tenía que aprender la lengua, manteniéndose "pura" para su regreso a la Isla, entonces yo tenía el control de nuestra vida fuera del reino de nuestro apartamentito en Paterson —o sea, hasta que Father regresara de sus viajes con la marina: entonces el manto de responsabilidad recaería sobre él. A veces, resentí sus regresos, porque de repente volvía ser dependiente— y no por propia elección.

Pero Vida me transformó. Me volví reservada y cada salida de nuestro edificio de apartamentos se convirtió en una aventura ya fuera para ir a comprarle una cajetilla de L&M a mi madre; o para comprar lo indispensable en la farmacia o en el supermercado (algo que a mi madre le gustaba hacer según se necesitara); y, lo favorito de Vida, comprar comestibles puertorriqueños en la bodega. Vivir en un lugar tan estrecho con su hermana paranoica y su cuñado la estaba inquietando. El llanto de la bebé y el penetrante olor a pañales sucios la volvían loca, tanto como el letargo de su abuela, interrumpido únicamente por la necesidad que la anciana tenía de sermonear a Vida sobre su forma de vestir y sus modales, algo sobre lo cual hasta mi madre había empezado a hacer comentarios.

Vida imitaba a las chicas Go-Go, cuyos programas de baile le encantaba mirar en nuestro televisor. Imitaba sus movimientos ante mí, su público, hasta que las dos caíamos en el sofá muertas de la risa. El maquillaje de sus ojos (que compraba con el dinerito que me daban mis padres) era oscuro y cargado, los labios le brillaban por el lápiz de labio marrón brillante y las faldas se le subían más y más en las largas piernas. Cuando caminábamos por la calle para hacer alguno de mis mandados, los hombres la miraban fijamente; los puertorriqueños hacían algo más. En más de una ocasión nos siguieron unos hombres que le componían piropos cargados de erotismo que susurraban a nuestras espaldas.

La estela de admiradores que Vida tenía me daba miedo y me entusiasmaba al mismo tiempo. Era un juego peligroso para ambas, pero para mí especialmente, puesto que mi padre podía regresar sin avisar en cualquier momento y sorprenderme en el juego. Yo era la compañera invisible en la existencia de Vida; era el espejito de bolsillo que ella podía sacar en cualquier momento para confirmar su belleza y poder. Pero yo era demasiado joven en ese momento para pensar así; lo único que me interesaba era la emoción de estar en su compañía, de ser tocada por sus poderes mágicos de transformación, que podían hacer que ir andando a la tienda se convirtiera en una aventura deliciosamente escandalosa.

Luego Vida se enamoró. Ante mis ojos celosos, él era un cavernícola, un hombre grande y peludo que conducía un Oldsmobile grande y negro irresponsablemente alrededor de nuestra cuadra hora tras hora sólo para poder divisar a Vida. Le había prometido llevarla a California, según me dijo ella en tono de confidencia. Poco después empezó a usarme de pretexto para reunirse con él, pidiéndome que diera una vuelta con ella para después dejarme esperándola en un banco del parque o en la biblioteca durante un buen rato que me parecía una eternidad, mientras ella paseaba en el carro de su musculoso enamorado. Vida me desencantó, pero le seguí siendo leal a lo largo del verano. De vez en cuando, todavía la pasábamos bien. A ella le encantaba contarme sobre su "amorío" con lujo de detalles. Al parecer, ella no era completamente ingenua y se las había arreglado para hacer que sus apasionados encuentros se limitaran a besarse y acariciarse en el amplio asiento trasero del Oldsmobile negro. Pero él se estaba poniendo impaciente, me dijo ella, así que ella había decidido anunciarle su compromiso a la familia pronto. Se casarían y se irían a California juntos. Él sería su apoderado y la protegería de los "lobos" de Hollywood.

Para ese entonces, las ilusiones que Vida tenía sobre Hollywood me habían aburrido. Me alegré cuando las clases empezaron en el otoño y al ponerme mi almidonado uniforme azul descubrí que me quedaba demasiado apretado y demasiado corto. Me había "desarrollado" durante el verano.

La vida volvía a su rutina normal cuando estábamos en los Estados Unidos. Es decir: mi hermano y yo íbamos a la escuela católica y estudiábamos, nuestra madre esperaba que nuestro padre regresara con permiso de sus viajes con la marina y todos esperábamos que se nos dijera cuándo regresaríamos a Puerto Rico —lo cual era casi siempre cada vez que Father iba a Europa, cada seis meses más o menos. A veces Vida bajaba a nuestro apartamento y se quejaba amargamente de la vida con su familia. Su familia se había negado rotundamente a aceptar a su novio. Ellos hacían planes para irse a otra parte. Ella todavía no tenía los papeles para trabajar, y no quería irse sin ellos. Tendría que encontrar un lugar donde quedarse hasta que se casara. Empezó a cortejar a mi madre. Yo regresaba a casa y las encontraba mirando una revista de novias y riéndose. Vida apenas me dirigía la palabra.

Father regresó en el invierno y todo cambió para nosotros. Casi sentí la liberación física de la carga de responsabilidad por nuestra familia y me permití pasar más tiempo haciendo lo que más me gustaba: leer. La vida que llevábamos en Paterson era una vida solitaria y tanto mi hermano como yo nos hicimos ávidos lectores. Mi madre también, aunque debido a que sabía muy poco inglés, sus provisiones eran las novelas de Corín Tellado que se conseguían en la farmacia, y las revistas *Buenhogar* y *Vanidades* que recibía por correo de vez en cuando. Pero ella leía menos que yo cuando Father regresaba a casa. Ese año Vida interrumpió el flujo y reflujo de esta rutina. Con la ayuda de mi madre se metió en nuestra familia.

Father, un hombre normalmente reservado, por naturaleza desconfiado de los desconocidos, y siempre atento a los peligros que podían acechar a sus hijos, también cayó bajo el hechizo de Vida. Sorprendentemente, estuvo de acuerdo con que ella viniera a quedarse en nuestro apartamento hasta su boda, que sería en unos meses. Vida se mudó a mi cuarto. Dormía en la que había sido la cama de mi hermanito hasta que él tuvo su propio cuarto, un lugar donde me gustaba poner mi colección de muñecas de todas partes del mundo que mi padre me había mandado. Ahora tuvieron que ir a parar a una caja en el oscuro ropero.

El perfume de Vida se apoderó de mi cuarto. En cuanto yo entraba en el cuarto, la olía. Se metió en mi ropa. Las monjas en la escuela lo comentaron debido a que no se nos permitía usar perfume ni cosméticos. Traté de quitarlo lavando la ropa, pero era fuerte y penetrante. Vida trató de ganarme llevándome de compras. Recibía dinero de su novio "para su ajuar", me dijo. Me compró una falda negra apretada igualita a la suya y un par de zapatos de taco alto. Cuando me hizo modelarlos frente a mi familia, mi padre frunció el ceño y se fue del cuarto en silencio. No me dieron permiso para quedarme con las cosas. Como en nuestra casa nunca veíamos al novio, no sabíamos que Vida había roto el compromiso y que estaba saliendo con otros hombres.

Mi madre empezó a quejarse de pequeñas cosas que Vida hacía o no hacía. No ayudaba con las tareas domésticas, aunque contribuía con dinero. ¿De dónde lo sacaba? No se bañaba todos los días (una infracción grave a los ojos de mi madre) pero se echaba colonia abundantemente. Demasiadas noches a la semana decía que estaba en la iglesia y regresaba oliendo a alcohol, aunque era difícil distinguirlo del perfume. Mother estaba desplegando sus alas y se estaba preparando para luchar por la exclusividad de su nido. Pero Father, para sorpresa de todos nosotros otra vez, abogó por justicia para la "señorita" —mi madre carraspeó cuando oyó la palabra, que connota virginidad y pureza. Father dijo que le habíamos prometido asilo hasta que ella se estableciera y que era importante que se fuera de nuestra casa de una forma respetable: casada, si era posible. A él le gustaba jugar a las barajas con ella. Era astuta e inteligente, una adversaria respetable.

Mother estaba que echaba humo. Mi hermano y yo pasábamos mucho tiempo en la cocina o en la sala, leyendo donde el aire no estaba saturado de *Evening in Paris*.

Vida estaba cambiando. Después de unos cuantos meses, ya no hablaba de Hollywood; apenas me dirigía la palabra. Consiguió los papeles y un trabajo en una factoría cosiendo mamelucos. Entonces, casi tan de repente como había llegado a mi vida, desapareció.

Una tarde regresé a casa y encontré a mi madre fregando el piso intensamente con un limpiador de pino, dándole al apartamento la clase de limpieza a fondo que se solía hacer en la primavera entre toda la familia. Cuando entré en mi cuarto, las muñecas habían vuelto a su antiguo lugar sobre la cama adicional. No había señales de Vida.

No recuerdo haber hablado mucho sobre su partida. Aunque mis padres eran justos, no siempre sentían la obligación de explicar o justificar sus decisiones ante nosotros. Siempre he creído que mi madre simplemente exigió su territorio, por temor ante la creciente amenaza de la belleza de Vida y la erótica dejadez que estaba impregnando su limpio hogar. O tal vez a Vida le pareció que la vida con nosotros era tan sofocante como la que tenía con su familia. Si yo hubiera sido un poco mayor, habría aprendido más de Vida, pero ella vino en una época en la que yo necesitaba más seguridad que conocimiento de la naturaleza humana. Era una criatura fascinante.

La última vez que vi la cara de Vida fue en un cartel. Anunciaba su coronación como reina de belleza para una iglesia católica de otra parroquia. Las iglesias auspiciaban concursos de belleza para recaudar fondos en esa época, aunque ahora me parezca contradictorio: una iglesia que auspicia una competencia para escoger a la mujer más atractiva físicamente de la congregación. Todavía creo que fue apropiado ver a Vida llevando una pequeña diadema de imitación de diamantes en aquella fotografía con la inscripción: "¡Ganó Vida!"

Fulana

Ella era la mujer sin nombre. El vacío se llenaba
con Fulana delante de los niños.
Pero la conocíamos —era la muchacha salvaje
con la cual no se nos permitía jugar,
la que se pintaba la cara
con el maquillaje de su madre ausente,
y la que siempre quería ser la esposa
cuando jugábamos a las mamás y a los papás.
La aburrían otros juegos,
prefería poner el radio a todo volumen
para escuchar canciones sobre mujeres y hombres
que se amaban y se peleaban al compás
de guitarras, maracas y tambores.
Quería ser una bailarina en el escenario,
vestida sólo con plumas amarillas.

Y crecía despreocupada como un ave,
perdiendo contacto con su nombre durante los años
en que su cuerpo era tan ligero que podía volar.
Para cuando la gravedad empezó a halarla
hacia donde los animales de la tierra rumian
la rutina doméstica, ella ya pertenecía
a otra especie. Se había convertido en Fulana,
la criatura que llevaba en la espalda
las cicatrices de las alas cortadas,
cuyo nombre no se podía mencionar
delante de niñitas impresionables

que pudieran empezar a preguntarse cómo volar,
cómo se verían desde lo alto
las casas de sus prosaicas madres,
los campos y los ríos, las escuelas y las iglesias.

Kennedy en el barrio

A mi clase de sexto grado le habían asignado ver la toma de posesión de Kennedy por televisión, y yo lo hice desde el mostrador de Puerto Habana, el restaurante donde trabajaba mi padre. Le oí decir al dueño cubano Larry Reyes que la elección de un católico irlandés quería decir que algún día un hispano podría ser presidente de los Estados Unidos también. Vi que mi padre dijo que sí con la cabeza automáticamente, pero los ojos de mi padre no estaban mirando la pantalla granosa; estaba preocupado por la comida que se preparaba al fondo y por la camarera desanimada que fregaba el piso. Larry Reyes dirigió su atención hacia mí entonces y levantó su copa como si fuera a hacer un brindis: —Por un puertorriqueño o puertorriqueña presidente de los Estados Unidos, —bromeó, en mi opinión, sin amabilidad—. ¿Verdad, Elenita?

Me encogí de hombros. Después mi padre volvería a regañarme por no mostrar el debido respeto al señor Reyes.

Dos años y diez meses después, habría de entrar en Puerto Habana un viernes frío por la tarde y encontrarme con una multitud alrededor del televisor. Muchos de ellos, tanto hombres como mujeres, sollozaban como niños. —Dios mío, Dios mío —gemían sin cesar. Unas mujeres acurrucadas en un grupo trataron de abrazarme mientras iba a reunirme con mis padres, quienes estaban bien abrazados, separados de los otros. Yo me colé entre ellos. Olí el aroma a jabón de castilla de mi madre, café con leche y canela; inhalé la combinación de sudor y colonia *Old Spice* —olor a hombre que, sospechaba, me gustaba demasiado.

Esa noche en Puerto Habana, Larry Reyes y mi padre sirvieron comida gratis. Ambos lucieron cintas negras en el brazo. Mi madre cocinó y yo atendí las mesas. Una anciana empezó a decir el rosario en voz alta, y pronto casi todo el mundo estaba arrodillado en el duro piso de linóleo rezando y sollozando por nuestro presidente muerto. Exhausta por la efusión de dolor público y exasperada por el despliegue de emoción descontrolada que había presenciado ese día, los "¡ay benditos!" los besos y los abrazos de extraños que había tenido que soportar, pregunté si podía irme a casa temprano. Por primera vez, mi madre avizora confió en que volviera caminando a casa sin la habitual cantaleta sobre los peligros en las calles. El silencio oscuro y vacío de nuestro apartamento no me dio consuelo, y confundida por emociones que nunca antes había experimentado, me fui a dormir la noche del día en que el Presidente Kennedy murió. Me levanté al día siguiente ante un mundo que se veía igual.

Parientes perdidos

En la gran diáspora
de nuestros cromosomas,
nos hemos perdido la pista.
Al vivir nuestras vidas separadas,
ignorando la alianza de nuestra carne,
a veces hemos reconocido
nuestro parentesco por medio de la palabra escrita:
anuncios clasificados, donde intercambiamos
nuestras vidas
en columnas de dos pulgadas;
personales, estirando nuestra parentela
con nuestros corazones solitarios; y
obituarios, anunciando una vacante
en la historia de nuestra familia
a través de nombres que nos invitan a regresar a casa
con sus sílabas familiares.

La gravedad

Mi cuarto era el santuario oculto donde yo guardaba mis libros, mi radio —que siempre estaba encendida cuando yo estaba allí —y los otros símbolos de mi rebeldía: camisetas teñidas, cintas para la cabeza indias, prendas que hacían música cuando me movía y un palito de incienso de pacholí encendido en su pedestal de madera. Mi madre decoraba el resto del apartamento en un estilo que yo llamaba puertorriqueño primitivo: una lámina religiosa en cada cuarto. Yo había quitado de la pared de mi cuarto la del Ángel de la Guarda, la cual representaba a una criatura alada con una bata suelta llevando a una niñita y a un niñito por un puente desvencijado. (Los niños parecían no tener conciencia ni de su guardián ni del abismo oscuro que se abría a sus pies.) Yo asumía una actitud firme al rehusarme a decorar mi cuarto con ángeles y santos y al desdeñar todo lo que a mis padres les encantaba. Mi madre puso la ilustración en el pasillo, justo en frente de la puerta de mi cuarto para que tuviera que verla al entrar y salir. Se convirtió en un símbolo de nuestra relación en esa época.

Por las tardes, ella se sentaba en su sillón en la sala y escuchaba discos que había comprado en la Isla durante nuestras visitas anuales a la casa de su madre: Celia Cruz, Felipe Rodríguez y la música de la orquesta de Tito Puente, que ponía a todo lo que daba para competir con mi Little Richard, las Supremes, Dylan y, posteriormente, los Beatles, los Beatles, los Beatles.

Cuando mi padre llegaba, ambas bajábamos el volumen. Él tenía que escuchar la monstruosa vellonera todo el santo día en el restaurante donde trabajaba para el "magnánimo" señor Larry Reyes. Mi madre y mi padre pensaban que todo lo que él hacía era genial, incluyendo el nombre que le había dado al lugar, Puerto Habana, para complacer tanto a su clientela puertorriqueña como a la cubana. Papi tenía que aguantar el escuchar los mismos discos populares que los asiduos ponían una y otra vez. Cuando regresaba a casa, esperaba dos cosas: que la música estuviera bajita y que todos nos sentáramos a comer juntos.

Mi ropa era lo que más le disgustaba. No podía evitar quedarse mirando fijamente la melena suelta que me llegaba a la cintura, revuelta pero recogida, para efectos decorativos, con una cinta bordada con diseños navajos. También me ponía pantalones vaqueros acampanados, rasgados y desteñidos sólo hasta el punto exacto, y camisetas con rayos de sol anaranjados teñidas con nudos que, de hecho, alguna vez habían sido de mi padre y yo tomé prestadas de la tendedera para hacer mis experimentos. Así iba a ir vestida la noche de Año Viejo de 1965. En mi habitación, se oía bajito en el radio "The Times They Are A-Changin" de Dylan.

Sabía que mi disfraz de rebelde les preocupaba a mis padres, pero teníamos un acuerdo tácito que todos entendíamos podría ser revocado si ellos se oponían demasiado a mi atuendo hippie y a la música a todo volumen. Por el día, me veía y actuaba como una buena niña católica, llevaba mi uniforme de lana gris de cuadros a la Secundaria Reina de los Cielos, con mocasines y calcetines, el pelo trenzado, todo el rollo.

Después de las clases me convertía en quien quería o lo que quería.

Me parecía que sacrificar mis ideales por ocho horas bien valía la pena con tal de estar cerca de la hermana Mary Joseph, la monja de la contracultura que nos alimentaba con literatura revolucionaria y filosofía oriental bajo la apariencia de enseñar literatura inglesa. Yo recibía una excelente educación en la escuela católica aunque no sentía que formaba parte del estudiantado mayormente irlandés como tampoco lo había sentido en la Escuela Pública Número 16 de mi barrio, entre "los de mi propia clase". Pero en Reina de los Cielos por lo menos estaba libre de las presiones del barrio, a pesar de que nunca me pidieron que perteneciera a una asociación estudiantil ni me invitaron a las fiestas. Y aun esto estaba cambiando a medida que el Movimiento infectaba a las multitudes pulcras. La hermana Mary Joseph había empezado un café en un cuarto que no se usaba en el sótano, donde los viernes cuatro o cinco de los estudiantes más greñudos nos reuníamos con ella para escuchar los discos exóticos que ella traía para alimentar nuestras almas: cantos gregorianos, tambores y campanas tibetanas, poetas que leían sus versos apocalípticos con tonos fúnebres al ritmo de la lira. Nos sentábamos en la posición de lotus y meditábamos o hablábamos con entusiasmo acerca de "la Revolución".

Yo andaba loca por uno de los muchachos, un poeta en su auge, alto, delgado y pelinegro, de nombre Gerald, que llevaba una boina púrpura que hacía juego con sus ojeras. Él respondía a la idea que yo tenía de un poeta. Posteriormente se daría a conocer en nuestro grupo por ser el único de nosotros que fue a Woodstock. El viaje le costaría caro: el LSD lo dejaría tan desconectado que tendría que pasar seis meses en un "hogar". Pero el aura que traería del "evento" tal vez valía el alto precio —lo recordaríamos como el único de nosotros que había presenciado el fenómeno de Woodstock en persona. Pero para eso todavía faltaba mucho. Cuando yo estaba loca por él, la rebelión de Gerald todavía estaba en su etapa crisálida. En la escuela compartíamos nuestros poemas y avivábamos nuestra intensidad mutuamente.

Al principio, nuestro café fue despreciado por los otros muchachos. Más adelante, tal vez porque nuestro grupito era independiente, hasta los chicos populares preguntaban lo que hacíamos en el sótano y querían que los lleváramos allí. Una vez que lo abrimos a los "otros", el club perdió algo de su intimidad y misterio, pero también amplió el círculo de mi vida social.

Nunca podía invitar a mis amigos a nuestro apartamento. Habrían sufrido un choque cultural. Así que me dividía en dos personas, de hecho, tres, si se contaba la versión hippie de después de la escuela como una identidad separada. No siempre era fácil conseguir salir de mi ser fantasioso y meterme en la apretada chaqueta decente que la muchacha puertorriqueña debía llevar, aunque mis padres fueran más comprensivos que los otros de nuestro barrio.

Esa noche de Año Viejo se suponía que asistiéramos a la fiesta anual en el restaurante, Puerto Habana. Eso quería decir que mi padre estaría clavado detrás del mostrador sirviendo Budweisers y ron con Coca Cola toda la noche. Mi madre haría el papel de anfitriona para el señor Reyes, quien estaría muy ocupado aceptando la gratitud y los buenos deseos de todo el mundo. Yo sabía que no estaba vestida apropiadamente para la ocasión, pero buscaba ensanchar mis horizontes en el año nuevo con unos cuantos actos descarados de rebelión.

—Elenita —mi madre empezó mientras recogía la mesa— ¿se te olvidó la fiesta de esta noche?

—No, María Elena, no se me olvidó la fiesta de esta noche. —(También había decidido llamar a mi madre por su nombre como un experimento para "desarrollar" nuestros roles.)

Ella me miró con el ceño fruncido, pero no dijo nada. Sospeché que ella y mi padre habían desarrollado una estrategia para lidiar conmigo. "No le hagas caso. Es una etapa. Ya se le pasará, tu verás", me parecía oírles decirse.

—¿Entonces por qué no estás vestida?

—Estoy vestida, María Elena. No estoy desnuda, ¿verdad?

—¿Y ese precioso vestido de tafetán verde que te compramos para el Día de Honores?

Ese horrible error de vestido estaba al fondo de mi armario. Mi madre había insistido en que lo compráramos cuando me gané un certificado por un ensayo que había escrito para la clase de inglés: "Un mundo feliz para las mujeres". La hermana Mary Joseph había sido uno de los jueces. Mi madre me había comprado un vestido de fiesta para que me lo pusiera ese día. Yo lo llevé puesto hasta el baño de las niñas, donde rápidamente me lo cambié por una sencilla falda negra y una blusa blanca.

—Me queda chico. Tal vez no te has dado cuenta, pero ahora tengo pechos.

Mamá dejó caer una olla ruidosamente en el fregadero y se volvió hacia mí. Yo había dicho "pechos" delante de mi padre. Ella sabía que la estaba provocando deliberadamente.

Él, en el mientras tanto, se había tragado lo último de su café y se había apresurado a darle un beso en la mejilla, para marcharse. —Te espero en el Puerto, querida. Le prometí al señor Reyes que abriría temprano. Por favor, ten cuidado cuando vayas para allá. Las aceras están cubiertas de hielo —dijo, sin mirarme. Sabía lo que yo opinaba de su jefe, el imperialista Lorenzo, alias Larry Reyes.

Durante la mayor parte de mi infancia prácticamente había vivido con mis padres en Puerto Habana. Mi padre abría y cerraba el restaurante: jornadas de doce horas. Y mi madre siempre estaba dispuesta a echar una mano, de cocinera, mesera, anfitriona, lo que Reyes necesitara; y casi todos los días era necesaria. Mi padre creía que el restaurante era el corazón del barrio. Por otro lado, Mami hablaba constantemente acerca de su familia en la Isla. Era punto-contrapunto cada día, no tanto una pelea, sino una discusión persistente acerca de lo que significaba la palabra "hogar" para cada uno de ellos.

Las razones de Papi para no regresar a Puerto Rico con nosotros variaban de año en año: no es el momento oportuno, no hay suficiente dinero, lo necesitaba el señor Reyes. Sólo años más tarde, por los cuentos de mi madre, me enteraría de que Jorge estaba avergonzado del hecho de que él no nos había podido proveer los lujos que mi madre había tenido mientras crecía en una familia de clase media en Puerto Rico. Se sentía rechazado por su madre y despreciado por su exitoso cuñado. Su (nuestro) nivel de clase media baja, de hecho, más bien clase media trabajadora, no le molestaba en ningún otro momento, sin embargo. Cuando hablaba de Puerto Habana y de su trabajo allí, que le permitía estar en contacto con casi todo el mundo en nuestro barrio, sonaba orgulloso. Casi todas las oraciones comenzaban con el nombre de su benefactor, Larry Reyes. "Larry Reyes tiene planes de abrir el restaurante después de las horas regulares para servir comida gratis para los mayores". "Larry Reyes va a enviar canastas a los enfermos que no pueden venir a Puerto Habana". Todas las semanas Larry Reyes tenía un nuevo proyecto al que mi padre se dedicaba en cuerpo y alma, durante horas de trabajo y en su tiempo libre. Estaría allí para servir a los ancianos después de las horas regulares. Y él y Mamá sacaban su viejo Buick negro del estacionamiento detrás del restaurante para ir a lugares decrépitos por toda la ciudad entregando bocadillos y asopao caliente en termos a todos los que estaban en la lista de Reyes.

A veces yo iba con ellos y me quedaba dentro del carro frío en lugar de ir por los pasillos oscuros que olían a orines y a otros desperdicios y desechos humanos inimaginables. Mi madre a menudo venía con lágrimas en los ojos. Camino a casa nos contaba historias de cómo ella y su madre también habían repartido comida y medicamentos en Puerto Rico durante la guerra: —Pero nunca era así, Jorge. Los pobres en la Isla no vivían en esta mugre. Había un río donde bañarse si no había cañerías. Había un jardín en el cual cultivar algunas cositas. No se morirían de hambre mientras tuvieran una parcelita. Jorge, ¡esto no es vida! —Y sollozaba un poco. Él le echaba el brazo alrededor de los hombros. La besaba en la frente y le hablaba de lo bueno que era poder ayudar a la gente, aunque fuera un poquito.

"Sí, claro", pensaba yo, acurrucada en el asiento trasero, la gente pobre de la isla de sus sueños no tenía las barrigas hinchadas por la desnutrición, como yo había leído en los libros, ni tenían que beber las aguas podridas de los ríos ahora contaminados por desperdicios humanos e industriales en los famosos arrabales de su isla paraíso. Mi rabia ante la ingenuidad de mis padres crecía junto a mis sospechas por los actos de caridad de Reyes.

Reyes era un blanco más fácil que mis padres para descargar mi ira, pues a ellos los veía como víctimas de los ardides de él. Me parecía que él hacía todo esto por sí mismo: se veía como el Don de nuestro barrio, el hombre de negocios-filántropo. Sin embargo, él nunca se ensuciaba las manos tratando con los pobres. Siempre era el corazón de mi madre el que se rompía, así como la espalda de mi padre. Y era nuestro tiempo para estar en familia lo que nos usurpaba. Yo había aprendido sobre el sistema feudal de reyes, señores y campesinos en mi clase de historia, y me parecía ver una clara analogía entre la estructura del barrio y la Edad Media. No me dejaría atrapar en esta red de engaño en medio de la cual estaba la araña capitalista de Reyes.

Como todavía no tenía licencia de conducir, mi rebeldía en ese entonces se limitaba a pequeños actos de provocación, como el que había planeado llevar a cabo la noche de Año Viejo, para que por lo menos mi madre supiera mi posición.

—Elena, ¿por qué eres tan fresca? Si tú eres una señorita, como me estás diciendo siempre, ¿por qué no actúas como tal?

Pero era ella la que siempre me estaba recordando que debía actuar como una señorita, algo que para ella quería decir lo opuesto de lo que para mí. Yo pensaba que significaba ser adulta, o al menos a punto de serlo. Para ella quería decir que tenía que ser más decente: "Siéntate bien para que no se te vea la ropa interior debajo de tu minifalda, no menciones el sexo ni partes del cuerpo frente a los hombres —ni siquiera tu propio padre— no hagas esto, no hagas aquello". Para mí, tener quince años quería decir que me debían permitir, por lo menos, escoger mi propia ropa, mis propios amigos y decir lo que quisiera decir cuando quisiera decirlo —un país libre, ¿no?

—Tal vez no vaya a la fiesta. —No tenía ningún deseo de socializar con las matronas del barrio y sus hijas súper-trajeadas, ni de bailar con viejos, incluido Reyes, cuyo aliento apestaba a ron y cigarrillos y que se pondrían a llorar como bebés al dar la medianoche: "¡Ay mi Cuba!" "¡Ay mi Borinquen!" Todos clamando por sus islas y derramando lágrimas por su viejas mamás que esperaban en sus casas a que sus hijos regresaran. De hecho, aunque nunca lo habría admitido entonces, me encantaban el baile y la comida, y especialmente escuchar a las mujeres contar chistes rojos por su lado mientras los hombres jugaban al dominó y se emborrachaban por el suyo. Pero había asumido mi puesto de batalla.

—Está bien, hija.

Me tomó completamente por sorpresa cuando, triste y resignada, dijo que podría hacer lo que quisiera.

—Eres lo suficientemente mayor como para quedarte aquí sola. Tengo que ayudar a Jorge. —Me dejó a la mesa de la cocina, derrotada por su humilde aceptación de mi decisión cuando yo tenía la esperanza de un poco de lucha, una que yo hubiera perdido cortésmente al final, aunque no iba a transar en el asunto del vestido de tafetán color verde vómito.

Minutos después salió de su habitación luciendo como una estrella de cine mexicano. Tenía puesto un vestido ceñido de raso negro, escotado, que mostraba su impresionante busto —lo cual me hizo sentir avergonzada de haber traído a colación el tema de mis insignificantes brotecitos. Llevaba el pelo recogido hacia arriba en un moño francés que le permitía exhibir los aretes de camafeo que Jorge le había regalado para Navidad. María Elena todavía era una mujer guapa —aunque irremediablemente anticuada.

—Cierra con llave cuando me vaya, ¿de acuerdo, Elenita? —dijo con voz suave y triste. Le dije que sí con la cabeza mientras ella salía sin dirigirme la mirada.

Más o menos una hora después me vi buscando en mi armario un término medio razonable entre tafetán y mezclilla.

Como de costumbre en el Año Viejo, mi padre me pidió que le concediera el último baile del año, y a la medianoche abrazó a mi madre mientras ella lloraba en sus brazos por su Isla y por su familia tan lejos. Esta vez no sólo sentí mi acostumbrada punzadita de celos por volverme imperceptible para ellos. Al ver la forma en que ella se abrazaba a él y cómo él ponía sus labios en el rostro surcado de lágrimas como para absorber su dolor, sentí despertar en mí una necesidad, una especie de hambre de conectar con alguien que me perteneciera. Hacía un minuto que había comenzado el año nuevo —el comienzo del año de mi revolución— y no tenía nada que ver con los tiempos sino con el único regalo del tiempo para nosotros: el amor que nos une, su atracción gravitatoria.

$\mathcal{D}$icen

Dicen
que cuando llegué,
viajando con poco equipaje,
las mujeres que esperaban
taparon
las rendijas en las paredes
con trapos
mojados en alcohol
para ahuyentar corrientes
de aire y demonios.
Le prendieron velas
a la Virgen.
Dicen
que la respiración de mamá
las apagaba constantemente
a diestra y siniestra.
Cuando me escurrí
en las manos de las mujeres
el cuarto estaba en sombras.
Dicen que
por poco me voy,
al deshacerse el nudo hecho
de prisa en mi ombligo.
Dicen que
mi impulso de sangrar
les dijo que era como un globo
con una filtración,

un alma tratando de volar
a través de las rendijas de la pared.
La comadrona cosió
y las mujeres rezaron
mientras me entallaban
para la vida
en un apretado corsé de gasa.
Pero sus oraciones
me retuvieron,
sus vendajes me contuvieron,
y toda esa noche
remojaron
sus trapos ensangrentados.
Dicen que
Mother se la pasó durmiendo,
soplando
velas
con su respiración.

Mamacita

Mamacita tarareaba todo el santo día
en la cocina del furgón de cola
de nuestro apartamento tipo tren.
Desde mi cuarto escuchaba su *humm*,
las palabras no reducían el flujo
de los conmovedores sonidos de Mamacita;
humm si hacía arroz guisado,
humm con los frijoles negros.
Arriba y abajo dos sílabas subían
y bajaban —cada nota una tarea realizada.
De quehacer en quehacer, era la prima dona
de su opereta diaria.
La canción sin palabras de Mamacita era su conexión
con el alma suprema,
su vínculo con la vida,
su mantra,
una cuerda de seguridad hasta su propio Buda Sonriente,
mientras arrastraba su escoba
a lo largo de una vida de pisos de linóleo.

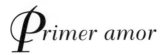

Primer amor

A los catorce y durante varios años después, mis preocupaciones se concentraban mayormente en las alarmas que sonaban en mi cuerpo advirtiéndome del dolor o el placer que me esperaba.

Me enamoré, o mis hormonas se despertaron de su largo sopor en mi cuerpo, y de repente la meta de mis días se centraba en una cosa: divisar a mi amor secreto. Y tenía que permanecer en secreto porque, por supuesto, siguiendo la gran tradición de la novela trágica, había escogido para amar a un muchacho que estaba fuera de mi alcance por completo. No era puertorriqueño: era italiano y rico. También era mayor. Estaba en el último año de la escuela secundaria cuando yo entré a primer año. Lo vi por primera vez en el pasillo, recostado despreocupadamente sobre una pared que era la línea divisoria entre el lado de las muchachas y el de los muchachos para los estudiantes de primero y segundo año. Tenía un extraordinario parecido a Marlon Brando de joven —hasta la sonrisita irónica. Lo único que sabía del muchacho que protagonizaba cada uno de mis sueños era lo siguiente: era sobrino del dueño del supermercado de mi cuadra; a menudo tenía fiestas, de las que yo oía hablar, en la hermosa casa que sus padres tenían en las afueras de la ciudad; su familia tenía dinero (que llegaba a nuestra escuela de muchas maneras) —y algo que hacía que se me aflojaran las rodillas: trabajaba en la tienda cerca de mi edificio de apartamentos los fines de semana y en el verano.

Mi madre no podía entender por qué anhelaba que me mandara a hacer uno de sus innumerables mandados. No perdía la oportunidad de viernes a sábado por la tarde para ir a comprar huevos, cigarrillos, leche (trataba de beber tanta como me fuera posible, aunque la odiaba) —los productos básicos que ella me pedía de la tienda "americana".

Semana tras semana vagaba por los pasillos, echándole miradas furtivas al almacén en la parte de atrás, esperando ansiosamente ver a mi príncipe. No se trataba de que tuviera un plan. Me sentía como un peregrino esperando divisar la Meca. No esperaba que él se fijara en mí. Era una dulce agonía.

Un día sí lo vi. Vestido de blanco como un cirujano: pantalones y camisa blanca, gorra blanca y (repugnante, pero no para mis ojos algo cegados por el amor) un delantal de carnicero manchado de sangre. Estaba ayudando a arrastrar un costado de carne de vaca en el área de las neveras del almacén de la tienda. Debo haberme quedado parada allí como una idiota porque recuerdo que él me vio, ¡hasta me habló! Por poco me muero. Creo que me dijo: —Con permiso, —y sonrió vagamente hacia donde yo estaba.

Después de eso, deseaba ocasiones para ir al supermercado. Observaba que la cajetilla de cigarrillos de mi madre se vaciaba tan despacio. Quería que se los fumara rápidamente. Me bebía la leche y se la empujaba a mi hermano (aunque por cada segundo vaso tenía que pagarle mi parte de galletitas Fig Newton, que a ambos nos gustaban, pero sólo podíamos comernos una fila cada uno). Renuncié a mis galletitas por amor y observaba que mi madre se fumaba sus L&M con tan poco entusiasmo que pensé (¡no, Dios mío!) que podía estar reduciendo la cantidad de cigarrillos que fumaba o que tal vez estaba dejando el hábito. ¡En un momento tan crucial!

Creía que había mantenido mi solitario amorío en secreto. A menudo las lágrimas calientes mojaban la almohada por las cosas que nos mantenían separados. En mi mente no había duda de que él nunca se fijaría en mí (y por eso me sentía en libertad para quedármele mirando: yo era invisible). Él no podía verme porque era una puertorriqueña flaca, una muchachita de primer año que no pertenecía a ninguno de los grupos con los que él se asociaba.

Al final del año descubrí que no había sido invisible. Aprendí una pequeña lección acerca de la naturaleza humana: la adulación deja su aroma, uno que todos podemos reconocer, y no importa lo insignificante que sea la fuente, la buscamos.

En junio las monjas de la escuela siempre organizaban algún grandioso espectáculo cultural. En mi primer año fue un banquete romano. Habíamos estado estudiando un drama griego (como preludio a la historia de la Iglesia —al galope pasamos de Sófocles y Eurípides hacia los primeros mártires cristianos), y nuestra joven y enérgica Hermana Agnes tenía ganas de un espectáculo clásico. Les ordenó a todos los estudiantes (un grupo de menos de 300 estudiantes) que les pidieran a las madres que les hicieran togas con sábanas. Nos dio un patrón en hojas de mimeógrafo salidas directamente de la máquina. Recuerdo el intenso olor a alcohol que tenían las hojas y la forma en que casi todo el mundo en el auditorio se las llevaba a la nariz e inhalaba profundamente —las hojas mimeografiadas eran el narcótico de la época que la nueva generación de muchachos Xerox se está perdiendo. Entonces, a medida que las últimas semanas de clase se iban haciendo interminables, la ciudad se convertía en un horno de concreto y nosotros nos marchitábamos en los incómodos uniformes, trabajábamos como desesperados esclavos romanos para construir un espléndido salón de banquetes en nuestro pequeño auditorio. La hermana Agnes quería una tarima alta donde el anfitrión y la anfitriona serían entronizados majestuosamente.

Ya ella había escogido a nuestro senador y a su dama de entre nuestras filas. La dama sería una hermosa estudiante nueva, de nombre Sofía, una inmigrante polaca recién llegada, cuyo inglés era prácticamente ininteligible todavía, pero cuyas facciones, perfectamente clásicas sin una gota de maquillaje, nos cautivaron. Todo el mundo hablaba de su pelo dorado que le caía en cascadas por debajo de la cintura y de la voz que podía hacer que una canción llegara hasta el mismísimo cielo. Las monjas hubieran querido que Sofía fuera para Dios. Se pasaban diciendo que tenía vocación. Nosotros nos limitábamos a mirarla con asombro y los muchachos parecían tenerle miedo. Ella sólo sonreía y hacía todo lo que le decían. No sé lo que ella pensaba de todo esto. El mayor privilegio de la belleza es que los otros harán cualquier cosa por la persona, incluso pensar.

Su compañero lo sería nuestro mejor jugador de baloncesto, un estudiante de último año, alto y pelirrojo, cuya familia mandaba a sus numerosos hijos a nuestra escuela. Juntos, Sofía y su senador parecían la mejor combinación de genes inmigrantes que nuestra comunidad podía producir. No se me ocurrió preguntar entonces qué otra cosa además de su belleza física los capacitaba para protagonizar nuestra producción. Yo tenía el promedio más alto en la clase de historia de la Iglesia, pero me dieron la parte de uno de los muchos "soldados romanos". Me sentaría frente a las frutas plásticas y recitaría un saludo en latín junto al resto de la escuela cuando nuestros anfitriones entraran en el salón y tomaran sus puestos en el trono.

La noche de nuestro banquete, mi padre me escoltó en mi toga hasta la puerta de la escuela. Me sentía como una tonta envuelta torpemente en la sábana (con una blusa y una falda por debajo). Mi madre no era la mejor costurera del mundo que digamos. Podía cogerles el ruedo a una falda o a unos pantalones, pero esa noche yo hubiera deseado que fuera una costurera profesional. Veía que las otras chicas que salían de los carros de sus padres parecían auténticas damas romanas con las sábanas de tela que envolvían sus cuerpos como la vestimenta de una estatua de Miguel Ángel. ¿Cómo lo lograron? ¿Por qué a mí nunca me salían las cosas del todo bien? Y, lo que era peor, creía que las otras personas no lo mencionaban porque eran demasiado educadas. "La pobre muchachita puertorriqueña", podía escuchar que estaban pensando. Pero en realidad yo debía ser mi peor crítico, al ser tan tímida.

Pronto todos estábamos sentados en nuestro círculo de mesas reunidas alrededor de la tarima. Sofía brillaba como una estatua de oro. Su sonrisa era beatífica: una dama romana perfecta y muda. Su "senador" se veía incómodo, echándoles un vistazo a sus amigotes, tal vez con la sospecha de que lo pondrían en ridículo más tarde en el vestuario del gimnasio. Las monjas con sus hábitos negros nos vigilaban en el fondo. ¿Qué se suponía que fueran ellas? ¿Las Parcas? ¿Esclavas nubias? Las bailarinas hicieron su número al compás de la música metálica de sus címbalos, entonces se pronunciaron los discursos. Luego, las copas con "vino" de jugo de uva se alzaron en un brindis por el Imperio Romano que todos nosotros sabíamos que habría de caer en cuestión de una semana —en todo caso, antes de los exámenes finales.

Durante todo el programa yo me había mantenido en un estado de histeria controlada. Mi amor secreto estaba sentado al otro lado del salón y se veía sumamente aburrido. Observaba cada uno de sus movimientos, absorbiéndolo glotonamente. Me deleitaba viendo la sombra de sus pestañas en las mejillas rojizas, los labios en gesto de puchero sonriendo sarcásticamente ante la ridícula vista de nuestro dramita. En una ocasión se hundió en la silla y nuestra monja ujier vino y le dio una brusca palmada en el hombro. Él se incorporó lentamente, con desprecio. Me encantaba su espíritu rebelde. Todavía me creía invisible en mi estado de "insignificancia" desde el cual contemplaba a mi amado. Pero hacia el final de la velada, mientras estábamos recitando nuestras despedidas en latín, ¡él me miró a los ojos desde el otro lado del salón! ¿Cómo sobreviví al poder de aquellas pupilas negras? Temblé de otra manera. No tenía frío: ¡me estaba abrasando! Temblaba de adentro hacia afuera, me sentía mareada, aturdida.

El cuarto se empezó a vaciar y me dirigí hacia el cuarto de baño de las muchachas. Quería disfrutar del milagro en silencio. No se me ocurrió pensar que algo más ocurriría. Estaba satisfecha con el enorme favor que una mirada de mi amado representaba. Me tomé mi tiempo, sabiendo de que mi padre me estaría esperando afuera, impaciente, quizás resplandeciendo en la oscuridad con su uniforme de la marina blanco fosforescente. Los otros se irían en carro a sus casas. Yo iría caminando con mi padre, cada uno con su disfraz. Quería que hubiera los menos testigos posibles. Cuando ya no pude oír el gentío en el pasillo, salí del baño, todavía bajo el hechizo de aquellos ojos hipnotizadores.

Habían apagado las luces en el pasillo y lo único que podía ver era la escalera iluminada, al final de la cual habría una monja apostada. Mi padre estaría esperando justo afuera. Por poco grito cuando sentí que alguien me agarraba por la cintura. Pero la boca de alguien rápidamente cubrió la mía. Me estaban besando. Mi primer beso y ni siquiera podía decir quién era. Me separé para ver su cara a menos de dos pulgadas de la mía. Era él. Me sonrió. ¿Tenía yo una expresión tonta en la cara? Se me torcieron los espejuelos. No podía moverme ni hablar. Con más suavidad, me levantó la barbilla y rozó sus labios con los míos. Esta vez no me olvidé de disfrutarlo. Luego, como el enamorado fantasma que era, se marchó por el pasillo a oscuras y desapareció.

No sé cuánto tiempo estuve allí parada. Mi cuerpo estaba cambiando allí mismo en el pasillo de una escuela católica. Mis células se estaban afinando como los músicos en una orquesta y mi corazón era un coro. Era una ópera lo que yo estaba componiendo y quería quedarme muy quietecita y simplemente escuchar. Pero, desde luego, oí la voz de mi padre que hablaba con la monja. Estaba metida en un problema si él había tenido que preguntar por mí. Me di prisa en bajar las escaleras inventándome por el camino un cuento acerca de que me sentía enferma. Eso explicaría mi sonrojo y me garantizaría un poco de intimidad cuando llegara a casa.

Al otro día a la hora del desayuno, Father anunció que en unas cuantas semanas se iba en su viaje de seis meses por Europa con la marina y que al final del año escolar mi madre, mi hermano y yo iríamos a Puerto Rico a quedarnos medio año en la casa de Mamá (la madre de mi madre). Yo estaba destruida. Ésta era nuestra rutina normal. Siempre habíamos ido a quedarnos con Mamá cuando Father se ausentaba por largas temporadas. Pero este año era diferente para mí. Estaba enamorada y . . . mi corazón golpeaba contra mi pecho esquelético ante este pensamiento . . . ¿me amaba él también? Me eché a llorar y me levanté de la mesa.

La semana siguiente descubrí la cruel verdad acerca de los padres. Ellos pueden seguir adelante con sus planes, no importan las lágrimas, las amenazas y el terrible espectáculo del corazón destrozado de una adolescente. Mi padre me dejó encargada de mi madre, quien empacaba indiferente mientras yo le explicaba una y otra vez que era una época crucial en mis estudios y que si me iba, toda mi vida estaría arruinada. Todo lo que ella decía era: "Eres una muchacha inteligente, te pondrás al día". Ella tenía la cabeza llena de visiones de su casa y de reuniones familiares, largas sesiones de chismes con su mamá y sus hermanas. ¿Qué le importaba el que yo estuviera perdiendo mi única oportunidad de un amor verdadero?

Mientras tanto, traté desesperadamente de verlo. Pensaba que él también me estaría buscando. Pero las pocas veces que lo vi en el pasillo, siempre andaba de prisa. Pasarían largas semanas de confusión y dolor antes de que me diera cuenta de que el beso no había sido más que un pequeño trofeo para su ego. El único interés que él tenía en mí era que yo lo idolatrara. Se sentía halagado de que lo venerara en silencio y me había concedido un beso para complacerse a sí mismo y para avivar las llamas. Entonces aprendí una lección acerca de la batalla de los sexos que nunca he olvidado: el propósito no es ganar, sino simplemente, la mayor parte de las veces, mantener al adversario (a veces sinónimo de "amado") conjeturando.

Pero ésta es una perspectiva demasiado cínica frente a ese irresistible arrebato de emoción que es el primer amor. Y al recordar mi propia experiencia, puedo ser objetiva sólo hasta el punto en que recuerdo cuán dulce era la angustia, cuán atrapada me sentí en el momento y cómo cada nervio de mi cuerpo participaba en este saludo a la vida. Más tarde, mucho más tarde, después de arrastrar el peso de mi amor a todas partes durante lo que pareció una eternidad, aprendí a hacerme invisible y a disfrutar de las pequeñas batallas que se requieren para ganar el mayor premio de todos. Y mucho más tarde, leí y entendí la declaración de Camus acerca del tema que concierne tanto al adolescente como al filósofo: si el amor fuera fácil, la vida sería demasiado sencilla.

Haciendo el amor en español, hacia 1969

Fue mi verano de luto y lágrimas. Y fue mi abuela, Mamá María, quien cambió el curso normal de mi vida. Ella me envió a devolver una fuente de servir que le había pedido prestada a su vecina un día durante el verano que pasé con ella en Puerto Rico después de la muerte de Papá José. Ahí fue que conocí a Pito, el niño soldado, quien convalecía en su casa tras haber sido herido casi inmediatamente después de su llegada a Vietnam. Le había oído decir a una mujer del pueblo que era "propiedad defectuosa". Cuando lo conocí aquel sofocante día de junio, estaba acurrucado en el sofá de su madre, su nido de dolor y rabia. Él me vio primero y apoyó la cabeza en un codo, entrecerrando los ojos como si la luz que yo había dejado entrar lo cegara.

—Buenas tardes, señorita Niña —dijo en inglés. Me sobresalté al oír la voz grave que venía de las sombras en una habitación sin ventilación donde todas las ventanas estaban cerradas. Mamá María me había dado instrucciones de que no tocara a la puerta, que entrara en la casa y encontrara a la medio sorda doña Bárbara en su cuarto, donde la mayor parte de los días se pasaba las horas cosiendo. Sorprendida, me quedé parada allí con una fuente en las manos mientras el hombre delgado y enjuto vestido con un traje de faena se dio vuelta, sacó los pies de la cama y se sentó erguido, todo con sólo un movimiento. Tenía la cabeza afeitada y el cráneo era de un tono más claro que el rostro, lo cual le daba una extraña apariencia dividida. Seguía sonriéndome y noté lo blancos y grandes que se veían los dientes contra su cara intensamente tostada. Sin embargo, los inmensos ojos líquidos eran su rasgo más imponente. Parecían anormalmente brillantes y dilatados, y me paralizaron en ese momento, como un animal que se enfrenta a las luces de un carro que se acerca. Por fin logré balbucear un "hola" y estúpidamente le ofrecí la fuente que llevaba en las manos.

—¿Hablas inglés? —me preguntó, todavía sonriendo, sin prestar atención a la fuente en mis manos obviamente temblorosas. Asentí con la cabeza, al tiempo que miraba hacia la rendija de luz proveniente de la puerta de entrada, planeando mi ruta de escape.

—Entonces hablemos inglés. Tengo que practicar porque voy a regresar a los Estados Unidos pronto. —Me guiñó un ojo. Después tomó la fuente, agarrándome la mano junto con ella. Me llevó a la cocina, donde se paró ante el fregadero y metódicamente lavó y secó la fuente. Luego, abrió una tras otra todas las puertas de los gabinetes como buscando el lugar exacto donde ponerla. Cuando había inspeccionado cada tablilla y cada gabinete, suspiró y dejó el plato en el mostrador.

—Es verdad, tú sabes, lo que mi sargento se la pasaba diciéndome en el ejército: "los *Spics* no están organizados"; por eso nunca llegaremos a nada. Esta isla nunca será un poder mundial, niña, mi madre es totalmente desorganizada. No me malentiendas, amo a mi Mamá, pero ella cree que la Virgen María la va a ayudar a encontrar lo que busca cuando lo necesite. ¿Tu mamá es así también? Si no tenemos futuro político es porque nuestras madres no comprenden el concepto básico de la organización. ¿No te parece?

Asombrada por su extraña descarga de palabras, simplemente asentí con la cabeza. Le dejé que me guiara por la casa oscura y vacía, fascinada por sus divagaciones y sus gestos dramáticos. Nunca había conocido a nadie como él. Era como si él estuviera actuando y de alguna manera yo hubiera ido a parar al escenario y hubiera sido incorporada al espectáculo. Aletargada, tal vez por el calor o por la promesa de un día más interesante de los que tenía en casa de mi abuela, le seguí la corriente.

Mientras caminábamos cogidos de la mano por la casa vieja, él no dejaba de hablar en español y en inglés. El pedal de la anticuada máquina de coser de la madre había cesado por el día, me explicó, porque ella había tenido que ir a un velorio. —Fue a velar a una mujer. ¿Para qué? ¿Adónde se va a ir una mujer, a quien en vida no se le permitía salir de la casa, ahora que está muerta?

Me bombardeaba con muchas preguntas que me resultaban raras pero interesantes, ya que reflejaban mi propia curiosidad acerca de la vida en un país del cual había salido cuando era niña, pero no me daba tiempo a responder. Se detuvo abruptamente frente a la puerta del baño. Debí haber parecido un tanto sorprendida porque se sonrió, dio media vuelta al estilo militar y entró en el cuarto de baño, aunque dejó la puerta abierta. Yo me quedé allí, observándolo de espaldas, sin saber lo que podía esperar, aunque fascinada por este muchacho que no podía tener más de veinte o veintiún años, pero ya había sido herido y tal vez hasta había matado a alguien. A través de la camiseta sudada, pegada a la piel, podía ver que tenía el cuerpo de un nadador, espaldas anchas que se estrechaban al llegar a la cintura pequeña, y sus movimientos eran como un baile sincopado, con precisión militar y elegancia. Continuaba hablando mientras abría las plumas del lavamanos a todo lo que daban.

—Me llaman Pito aquí, siguiendo la pintoresca costumbre que tienen los puertorriqueños de poner apodos ya sea por cariño o por rencor —dijo mientras se restregaba las manos bajo el agua, como un cirujano a punto de operar, enjabonándose hasta el codo. Después de secarse las manos y los brazos con una toalla blanca que tenía una serie de números, otra vez dio media vuelta y me saludó.

—Mi verdadero nombre es Ángel José Montalvo Matos, para servirte. —Se inclinó, me tomó las manos y me las besó. Cerró la puerta del baño como si de pronto se hubiera dado cuenta de que había hecho que me preocupara.

—Tenía que lavarme primero, niña —explicó con tono dolorido— antes de tocarte.

Meneé la cabeza sin dar crédito a lo que oía. Para entonces me estaba empezando a sentir un poco ansiosa por su comportamiento imprevisible y sus palabras extrañas. Pero también me emocionaba y me hacía sentir curiosidad.

—Dime, niña, ¿tienes edad legal para estar en una casa sola con un veterano?

Ni me molesté en contestarle. Sabía que no esperaba respuestas de mi parte. Una vez más me llevaba de cuarto en cuarto, hablando sin parar y haciéndome preguntas absurdas que no se podían contestar. Por fin llegamos a lo que yo suponía que era su habitación. La puerta estaba cerrada. Pito me echó las manos por la cintura, pero mantuvo nuestros cuerpos firmemente separados. Podía sentir una especie de corriente eléctrica que le corría de los brazos a los dedos, casi un temblor. Él acercó su cara a la mía sin dejar que nuestros cuerpos se tocaran. Pensé que iba a besarme. Y, de pronto, quería que pusiera su boca en la mía, necesitaba sentir sus brazos eléctricos alrededor de mi cuerpo. Cerré los ojos, puse lo que pensaba era una expresión romántica y esperé que me diera un beso al estilo de las películas. El primero de un hombre. No pasó nada, aunque podía sentir su aliento cálido en mi mejilla. Por fin, al sentir que me ardía la cara ruborizada por la vergüenza, abrí los ojos y me topé con su mirada intensa y una sonrisa irónica. Traté de soltarme, avergonzada de que él supiera que estaba esperando que me besara. También estaba un poco asustada por la expresión salvaje de sus ojos, ahora tan cerca que parecían emanar calor. Tenía la mirada clavada en mí, como si estuviera tratando de ver lo que yo estaba pensando y sintiendo. Me apretó los dedos hasta que me dolieron y grité. Me solté, ahora de veras preparada para escaparme. Corrí hacia la puerta de entrada, donde me detuvo su voz por un momento.

—Vuelve mañana cuando me veas cerrar las ventanas de la sala. Mañana, niña, te enseñaré unas cosas allí.

Yo sabía que "allí" quería decir su habitación, el único espacio de la casa que no habíamos explorado.

Me apresuré a salir al calor blanco del día. Corrí todo el camino hasta el balcón de Mamá, donde me senté en el piso fresco de losetas para que él no pudiera verme desde su casa. *De ninguna manera*, me dije, *de ninguna manera voy a regresar.* Evidentemente ese hombre estaba loco.

❧

El mundo ha cambiado para las mujeres, me había dicho Mamá María después del entierro del abuelo, refiriéndose a que en la época de su madre los hombres enterraban a las mujeres. Las mujeres morían de parto, por exceso de trabajo o por las muchas enfermedades que los hombres traían a la casa causadas por sus vicios y por otras mujeres —cosas para las que hoy hay medicamentos. No era raro que un hombre enviudara dos o tres veces y que procreara varias generaciones de hijos. Pero esto había cambiado. Ahora las mujeres tenían que aprender a vivir sin hombres, ya que durante los últimos sesenta años los hombres parecían más determinados que nunca a matarse unos a otros guerra tras guerra. Ella había perdido dos hermanos en la Primera Guerra Mundial, un hijo en la Segunda y un sobrino en Vietnam. En ese momento recordé a doña Bárbara, cuyo hijo había regresado con vida de la guerra. ¿Se consideraba ella una de las afortunadas?

A pesar de que no tenía intenciones de ver al loco de Pito otra vez, al día siguiente iba caminando hacia la plaza para comprar una barquilla cuando, en el preciso momento en que pasé frente a la casa de doña Bárbara, la ventana que daba a la calle se cerró con fuerza con una detonación que resonó como un disparo durante la hora de la siesta. ¿En qué podía haber estado pensando mientras mi cuerpo se volvió hacia la casa cerrada herméticamente, como atraído por una fuerza más poderosa que mi entendimiento y mi libre albedrío, llevándome a toda prisa hacia lo que yo sabía era sin lugar a dudas una situación peligrosa?

Él me había visto venir y había cerrado todas las otras ventanas con la misma fuerza, como si les estuviera proveyendo a mis pies un sendero de sonido que debían seguir. Una vez adentro vi un rayo de luz amarilla salir de su habitación y le seguí el rastro hasta allí. Mi corazón golpeaba con tanta fuerza que se me hacía difícil respirar. Pito estaba extendido en su cama como Cristo en la cruz, con la misma expresión de tranquila agonía en el rostro, y sólo tenía puestos un par de pantalones de faena recortados. Una bombilla que colgaba del techo se balanceaba como un péndulo sobre él, y sus pupilas se movían siguiendo su arco. Al recorrer con los ojos su cuerpo semi-desnudo, vi que había una larga cicatriz que le bajaba desde el ombligo hasta los pantalones y dividía de forma torcida la suave extensión de su torso.

Me di cuenta de que me observaba de reojo mientras lo examinaba, pero no me había saludado. Podía haberme ido entonces, pero mis pies no sabían exactamente lo que mi cerebro quería que hicieran, pues sentí ganas de salir disparada en dos direcciones al mismo tiempo.

—Puedes tocar, si lo deseas —murmuró, todavía mirando hacia el techo. Aunque estaba segura de que me veía, tal vez me había empezado a apartar.

Despacio, seductoramente, él empezó a recorrer la cicatriz con su dedo índice hasta la parte que llegaba a la cinturilla del pantalón mientras yo permanecía paralizada en el umbral de su habitación.

—Creo que debo irme —dije por fin, sin moverme.

Ahí fue que Pito sacó las piernas fuera de la cama y se puso de pie con un elegante movimiento. Estaba a una pulgada de mí en menos de lo que tardé en volver a respirar.

—No, niña, no debes tenerle miedo a Pito ni a su herida fea. Ya está sana. Mira. —Llevó mi mano a su vientre y la movió sobre la superficie de la cicatriz, dura como un cordón. Por fuera estaba prácticamente inmóvil, pero sentía que estaba a punto de desintegrarme o tal vez de derretirme allí mismo frente a Pito. Nunca antes había sentido la mezcla de horror y atracción que él suscitaba en mí ahora. ¿Era esto el deseo? No lo sabía a ciencia cierta. Después de guiar mis dedos sobre la cicatriz protuberante, colocó la palma de mi mano sobre su corazón. Mantenía sus ojos fijos en los míos mientras soltaba mi mano despacio y cuidadosamente, como si no confiara en que me quedaría allí por mi propia voluntad.

Después de unos momentos de mantenerme en este trance de estar a punto de tocarme, suavemente me llevó de la mano hasta su cama, donde acopló su cuerpo al mío en un absoluto abrazo de cabezas, brazos y piernas que parecía tan perfecto y exacto como una llave que encaja en la cerradura adecuada. Me mantenía tan apretada que tuve que apartarme un poco para poder respirar.

—No haré nada que tú no quieras que yo haga, niña —habló con la boca tan pegada a mi oreja que parecía que su voz entraba en mi mente como un mensaje en un sueño. Sentí sus labios moverse sobre mi piel, formando las palabras con el aire tenso entre nosotros—. Dime lo que quieres que yo haga y lo haré.

Entonces añadió en un tono diferente, un poco burlón, —Pero debes decirlo en español. Yo sólo hago el amor en español. ¿Comprendes?

Sin saber qué más hacer, asentí con la cabeza.

—Ahora repite: Bésame.

—Bésame —dije. Y lo hizo. Me besó en mi idioma materno hasta que me olvidé de que existían todos lo demás.

&❧

Fue el verano de luto y lágrimas. Cuando regresé de la cama de Pito ese día, me parecía que había encontrado el amor y que lo había perdido en una misma tarde. Estaba confundida sobre mis sentimientos, y lo único que sabía era que nunca me había sentido más triste en mi vida. Pito me había besado hasta que me dolía la boca. Me había tocado donde yo quería que me tocara y había esperado hasta que yo le pidiera que me hiciera el amor. Y lo había intentado. Ahí fue que, apretándome la cara sobre su pecho para que yo no pudiera mirarlo, me dijo que era la primera mujer a la que había tratado de hacer el amor desde su regreso de Vietnam. Me dijo que se negaba a creer lo que los médicos estadounidenses le decían sobre el daño que una mina les había ocasionado a sus músculos y nervios. La misma mina había matado a otro hombre, un amigo que marchaba enfrente de él, cuyo cuerpo había protegido a Pito parcialmente. Pito hablaba con voz fría e indiferente, como si fuera un discurso que tenía preparado desde hacía tiempo. Había regresado a su casa contra los consejos de los médicos, pero estaba pensando mudarse a Nueva York, donde cabía la posibilidad, o tal vez no, de someterse a algún tipo de operación de la que le habían hablado.

Después de terminar de hablar me abrazó por un buen rato. Traté de consolarlo, diciéndole que comprendía, pero en realidad no sabía cómo comprenderlo. Era la primera experiencia en la que tenía que lidiar con las inimaginables fuerzas dobles de la muerte y el sexo. Quería compadecerme de la pérdida de Pito, pero en cambio, sentía que me había estafado al privarme del momento con el que había soñado desde la primera vez que había pensado en amar a un hombre. Y me sentía avergonzada de mis sentimientos.

Mientras me vestía en las sombras y lo veía estirado de modo que sus brazos y sus piernas ocupaban la habitación que acababa de compartir con él, sentí algo profundo por él, algo que llamaría ternura a falta de una palabra más adecuada para nombrar la emoción entre el amor y la lástima. Pero también sabía que no lo volvería a ver. Tenía dieciséis años. Todavía no tenía la capacidad para dar sin esperar recibir algo a cambio. Quería amores románticos sin imperfecciones, pasión sin cicatrices. Pito había despertado mi cuerpo a su potencial sexual con sus manos y su boca y con su loca poesía en dos idiomas: el de la guerra y el del amor. Me había enseñado la geografía del placer. Como me había dado este regalo, fui sincera cuando me arrodillé al lado de su cama y lo besé en la boca en español, como él me acababa de enseñar. Le prometí solemnemente: —Siempre te recordaré, Pito.

—Gracias, niña —me respondió con amargura, volviendo su rostro hacia la pared, cruzando los brazos sobre el pecho en un gesto de protección como si yo le hubiera otorgado otra medalla más para que se la prendiera a su carne herida.

El año de nuestra revolución

Mary Ellen

Cuando empecé mi último año de escuela secundaria, estaba metida de lleno en la política, la pasión y la poesía: las tres "p". Toda ellas estaban personificadas en mi niño poeta, Gerald. Gerald me inició en la música de protesta y los poemas de Allen Gisnberg, que tuvieron un efecto embriagador en nosotros dos. Gerald también me presentó a mi mejor amiga de esa época, su hermana Gail, quien en una ocasión se quitó la ropa durante una concentración por la paz y fue arrestada por exhibicionismo. Lo que la motivó a quitarse la blusa frente a la alcaldía no era tanto exhibicionismo sino amor por la vida —una exuberancia que yo envidiaba.

En casa y en el restaurante de Larry Reyes, donde trabajaban mis padres, el tiempo estaba detenido. Los cubanos hablaban de regresar a su isla y tramaban el derrocamiento de Fidel Castro. Competían entre ellos con sus historias de riquezas perdidas, de vidas sofisticadas vividas en esplendor tropical antes de la Revolución. Todos ellos, por lo visto, habían sido médicos, abogados, gente de la alta sociedad y descendientes de la aristocracia española. Ahora, sin embargo, trabajaban codo con codo con puertorriqueños en factorías y fábricas de tejidos haciendo trabajos serviles. Mi padre les servía tragos en el bar —por lo general ron puertorriqueño con Coca Cola, una combinación llamada Cuba Libre— y escuchaba pacientemente sus tristes historias de gloria perdida. Era poco lo que él podía hacer por sus compañeros cubanos. Por nuestra gente, en cambio, podía hacer más: podía gastarse su propio dinero en ellos porque eran sus hermanos y hermanas de la Isla. La gente sabía que era un buenazo, y se había convertido en el padre confesor y el trabajador social del barrio, y Puerto Habana era su dispensario. Mi madre hacía lo que podía por ayudarle en su misión. Nosotros no salimos de pobres mientras Larry Reyes se hizo rico.

Pero mi mundo era más grande que el barrio. Me mantenía en contacto con mi revolución a través de las ondas radiales. Llevaba mi diminuto radio transistor a todas partes. El pinchadiscos de la Ciudad de Nueva York, Murray el K, susurraba o gritaba en mi oído. Él me inició en la música de Aretha Franklin, Grace Slick y el Jefferson Airplane, Bob Dylan, Marvin Gaye, Santana, Joan Baez, Jimi Hendrix —la mescolanza que él llamaba nuestro "rock & roll" en un susurro íntimo, haciéndolo sonar como si estuviera hablando de tener relaciones sexuales. Recuerdo que estaba en la bañera escuchando su programa cuando oí por primera vez "Sgt. Pepper's Lonely Hearts Club Band" de los Beatles. Me había sumergido en el agua, hasta las orejas, en éxtasis, deseando ahogarme en sonido. Los lamentos de dolor y placer de Janis Joplin me hacían sentir un hormigueo por las extremidades. Cuando vi su foto, no podía creer lo poco agraciada que era. Pero más tarde la vi actuar en la tele y presencié el milagro que la música ejercía en ella. Cuando estaba metida de lleno en su canción, Joplin embellecía. Su voz, ronca y ahogada de dolor, penetraba mi piel y empecé a entender el significado del alma, el duende, en la música estadounidense.

Gerald me inició en la sensualidad más que en el sexo. Practicaba el yoga, la meditación trascendental y el arte del masaje. Había decidido que la pasividad y la auto-negación eran las claves para el Nirvana. Lo suyo era sentarnos uno frente al otro en su habitación en penumbras mientras él me recitaba sus poemas. Eran mayormente salmodias de palabras que hacían su alma vibrar, según me explicó, como las cuerdas de un arpa celestial.

—Vamos a bebernos a lengüetazos el cosmos —susurraba con voz ronca, con la boca a media pulgada de la mía mientras estábamos sentados en una alfombra imitación persa: nuestras piernas enrolladas en las del otro, los brazos entrelazados, los torsos sin tocarse. Esta posición generaba la tensión necesaria que le servía de inspiración al verso de Gerald.

—Lame las estrellas, alimenta mi fuego, atraviesa el universo en un caballo blanco, nada el Ganges conmigo.

Las imágenes me bastaban. Podía estar escuchando su sarta de hermosos disparates toda la noche. Sabía que era un poema de amor en un código secreto. Cuando a Gerald se le acababa la poesía, me salmodiaba al oído: "Om Ah Hum", y la punta de su lengua me hacía cosquillas en la oreja. "Om Ah Hum".

Entonces sacábamos el aceite perfumado de su bolsa. Siempre llevaba consigo sus provisiones fundamentales; nunca se sabía cuándo alguien podría necesitar el toque mágico. Yo me quitaba el poncho, me desabotonaba la blusa, que solía ser una creación india de algodón transparente con espejitos cosidos y otras decoraciones simbólicas que yo le había añadido. A Gerald le gustaba adivinar lo que significaba cada parcho, cada bordado que ofrecía una pista para llegar a mi alma con sólo palparlo en la oscuridad.

—Aquí viene el sol —decía, trazando el diseño sobre mi pecho izquierdo— y aquí hay una margarita —las yemas de sus dedos seguían la pista de cada pétalo. Entonces movía su mano hacia mi pezón por debajo de la tela: —Y aquí está Mary Ellen, Mary Ellen, Mary Ellen, hija del sol y la luna, niña del cielo.

—Nunca me vio desnuda, pero sus dedos conocían mi cuerpo. La filosofía oriental de Gerald y sus masajes en la oscuridad fueron mi cumbre erótica ese año.

Gerald también tenía un lado oscuro, y por fin nos quedó claro, a mí y a Gail, que él estaba siguiendo el modelo de las figuras autodestructivas que nos inyectábamos en nuestros subconscientes, poniéndonos las palabras de sus canciones y las notas puntiagudas de su música como si fueran agujas directamente en las venas. Como Hendrix, como Joplin, como Morrison, Gerald estaba obsesionado con que la muerte era el viaje definitivo. Me asustó cuando me propuso que probara un botón de peyote por primera vez. No insistió cuando lo rechacé, pero sabía cuándo él se había estado drogando. Habiendo perdido la gentileza en la forma de tocarme, una vez sus uñas me cortaron la piel. Otra vez por poco me asfixia con sus dedos enzarzados alrededor de mi garganta hasta que los desenredé. Asustada, me fui y él se quedó sentado en la posición de lotus, mirando fijamente hacia el frente como en un estado catatónico.

Al día siguiente insistió en que no recordaba haberme hecho daño. Le mostré las marcas púrpuras en mi cuello, que había escondido cuidadosamente en casa y en la escuela por medio de un suéter de cuello alto. Lloró y me rogó que lo perdonara. Lo vi unas cuantas veces más, pero él estaba volviéndose introvertido, drogándose más a menudo, abandonando a la mayor parte de sus amistades.

—Mi hermano está metido en sí mismo ahora —me dijo Gail en su cuarto, donde un cartel tamaño natural de Morrison, desnudo hasta justo debajo de la cintura, nos contemplaba desde el techo. Ella admitió que se daba gusto con excitantes fantasías sexuales que implicaban al seductor solista de los Doors: sus ojos entrecerrados por el uso de drogas, un peligroso charco negro en el cual una muchacha podía morir ahogada, y los incitantes labios entreabiertos, una maravilla natural por explorar. Sus apretados pantalones de cuero no dejaban mucho a la imaginación, y eso era lo bueno. Las dos sabíamos lo que Jim Morrison podría ofrecerle a una muchacha.

Gail puso "Touch Me" a todo volumen en el tocadiscos para tener privacidad mientras hablábamos. En el piso de abajo, su madre estaba horneando una tarta de manzana para Gerald, tratando de hacerlo regresar de sus viajes cósmicos por medio de los aromas de su cocina. El padre de Gerald apenas le había dirigido la palabra a su hijo durante casi dos años, desde el día en que fueron juntos a la gasolinera y el encargado inocentemente había llamado "señorita" a su apuesto hijo pelilargo. Gerald padre se dio la vuelta, entró en la casa y le anunció a su esposa que esa criatura vestida de payaso con collares había dejado de ser su hijo.

Se armó un escándalo, hubo lágrimas e intentos torpes de llegar a un acuerdo por parte de su bienintencionada madre, los cuales se toparon con la resistencia pasiva del hijo. Los ruegos y las amenazas de la madre a veces recibían la recompensa de un beso dulce y unos ojos inexpresivos, una flor de su propio jardín o la señal de la V, el símbolo de la paz. La desorientación de Gerald y la hostilidad silenciosa del marido por poco derrotan a la mujer. Al principio, buscó consuelo en Gail, pero en el lugar de su adorable niñita, había encontrado a una mujer que comenzaba a liberarse y una niña pacifista. Gail le sugirió a la madre que dejara a su anticuado marido y que "se conectara con la vida". Según Gail, su madre había optado por hacerse miembro de un grupo de estudio bíblico y de un club de bridge, donde otras madres y esposas exiliadas intercambiaban opiniones sobre las actividades terroristas de sus hijos y rezaban para que esta fase de rebeldía, que se había convertido en una epidemia nacional, pasara mientras estaban vivas.

—¿Qué quieres decir con que Gerald está *metido en sí mismo*? —le pregunté a Gail. Sentía resentimiento por la reciente indiferencia de Gerald, que él decía era realmente "aceptación pacífica" de su parte. Esto se traducía en: Si yo quería verlo, bien, sabía dónde encontrarlo; si no quería verlo, bien, estaría haciendo lo mismo de cualquier forma: drogándose, escuchando "In-a-Gadda-Da-Vida" con el brazo de su tocadiscos colocado de tal manera que tocaría el disco constantemente sin interrupción hasta que Gerald saliera de la habitación y su paciente madre entrara y apagara el aparato. El padre se había comprado tapones para los oídos.

—Bueno, Mary Ellen, lo que quiere decir para Gerald —dijo Gail, volviéndose hacia mí en la estrecha cama donde ambas estábamos estiradas casi a punto de caernos— es que ya no le interesa esto. —Sin que me lo esperara, me pellizcó el pezón, al mismo tiempo que se reía incontrolablemente y yo me lo frotaba. Por poco me caigo de la cama, pero pude enseñarle el dedo en señal de indignación.

—¿Estás tomando algo, muchacha?

—Estoy intoxicada de vida, E-le-ni-ta —dijo todavía riéndose, pronunciando mi nombre sílaba por sílaba.

—Quiero saber qué le pasa a Gerald. ¿Puedes hablar en serio?

—Puedo decirte lo que lo no le pasa a mi hermano. —Se rió de nuevo, señalando la entrepierna de Morrison.

—Me voy —dije, cansada de sus insinuaciones sexuales.

Gail se había hecho miembro de un grupo para la concienciación de mujeres durante su primer semestre en el City College, y lo suyo era tratar el sexo como un tema abierto, ensanchar sus horizontes probándolo "todo" sexualmente, lo cual quería decir que todos los amigos y vecinos eran presa legítima al escoger compañeros potenciales para sus aventuras. Hasta que el impulso de pellizcarme el pezón se apoderó de Gail, yo pensaba que por ser yo la novia de su hermano tenía salvoconducto o inmunidad diplomática sexual. Por lo visto, ahora que Gerald estaba "metido en sí mismo", ya no le interesaba explorar el universo en mi compañía y, Gail creía que podía cruzar la línea.

—No me tengas miedo, Mary Ellen —el tono de su voz se volvió serio mientras colocaba suavemente su mano en mi hombro, atrayéndome hacia ella en la cama—. En este preciso momento, tal vez porque estaba pensando en la última vez que Gerald, tú sabes, te dio un masaje, me sentí excitada. Pero puedo controlarme. Podemos hablar.

—¿Cómo lo sabes . . . quiero decir . . . te contó Gerald . . .? —Estaba horrorizada de que Gail estuviera enterada de mis sesiones con Gerald. Siempre le había contado de la poesía y de los masajes, pero no de lo otro. A pesar de mi arrojo exterior y mi rebeldía contra los valores morales estrictos de mis padres, me sentía un poquito avergonzada de permitir que Gerald me tocara de la forma en que lo hacía. Como lo hacíamos en la absoluta oscuridad de su cuarto, estúpidamente creía que nadie más sospecharía lo que pasaba.

—Yo estaba allí —dijo Gail en un susurro.

Sentí el impulso de saltar de la cama y salir corriendo para casa. ¿Cómo había podido traicionarme así Gerald? ¿Cómo podía Gail llamarse mi amiga cuando era una mirona, una pervertida, que espiaba los momentos más íntimos entre su mejor amiga y su hermano? Me sorprendí al permanecer completamente inmóvil en la cama al lado de Gail. *¿Y tú también me tocaste?* No se lo pregunté en voz alta.

A mi lado, con su boca cerca de mi oreja, Gail tarareaba una canción que ambas sabíamos, pero tampoco se movió.

Gerald salió de su oscuro capullo lo suficiente como para graduarse de la secundaria, aunque puso a prueba la paciencia del profesorado y la administración de la Secundaria Reina de los Cielos. No se habría graduado nunca de no haber sido por la intercesión de nuestra monja hippie, la hermana Mary Joseph —y el hecho de que era brillante. Leía y entendía filosofía. Las asignaturas de secundaria eran un juego de niños para él, pues Gerald podía interpretar las palabras de Shakespeare, Milton y Blake, así como las de John, Paul, George y Ringo. No le importaba el diploma, pero de alguna forma, aun en las partes más recónditas de su cerebro saturado de químicos, debía haber sabido que iba a deshacer la última conexión que tenía con su familia y con el mundo si no finalizaba su último año. Asimismo, consideraba que la vida era una serie de eventos que o permites que te ocurran o resistes pasivamente. Él permitió que la graduación de secundaria le ocurriera, entonces celebró su libertad volándose la mente con ácido en un festival de "rock". La consecuencia imprevista de su orgía fue medio año en el manicomio, pagado por la compañía de seguros de su padre, a lo que le siguió el darse cuenta de que su crisis había sido un obsequio de las fuerzas kármicas del "rock & roll": nunca lo llamarían a servir en las fuerzas armadas.

El retiro de Gerald había sido paulatino, sin embargo, y mis recuerdos de nuestro último año son como una fotografía en blanco y negro con una misteriosa figura en el margen que nadie puede identificar del todo. Es Gerald. Gerald en su impermeable negro que le llegaba hasta el tobillo, gafas al estilo de John Lennon y el pelo hasta los hombros, de pie justo detrás de mí en el café donde escuchábamos a otros jóvenes vestidos de negro recitar sus versos enojados y cantar sus canciones de protesta. Más y más empecé a perder interés en la poesía mediocre y la repetición mecánica de consignas. Mis propios poemas en estado de crisálida estaban buscando la imagen concreta que años más tarde le daría forma, estructura y significado a mi mundo fragmentado.

Mi madre nunca conoció a Gerald ni a Gail, ni a muchos de mis amigos fuera del barrio. Pero me vigilaba desde su ventana, y esperaba y sabía, tal vez porque creía en sus sueños, o por mi olor, mi música, o mi apariencia rebelde. O tal vez por espiar mis arrebatos pasionales con Gerald en la acera. Ella sabía que yo estaba acercándome al precipicio con mi niño poeta. Así que una noche me dio a escoger: el amor libre o el amor de mamá.

ᘓᗦ

María Elena

Me empezaron a salir canas aquel año, por ver la agitación en las calles de Estados Unidos y esperar que mi hija regresara a casa de las concentraciones, las manifestaciones y las protestas. Entrada la noche, me sentaba en el sillón al lado de la ventana, esperando ver a la niña bonita con la melena negra y alborotada esconderse en un poncho enorme. La veía bajar por la cuadra, agarrando sus libros y papeles firmemente, con la cabeza inclinada como si fuera cargando las preocupaciones del mundo entero. Una muchacha tan seria. Tan decidida a enderezar entuertos que se perdía todas las cosas buenas que yo creía que serían del agrado de una chica joven: ropa bonita, fiestas y diversión con otros adolescentes. Sabía que le gustaban los muchachos, aunque por esos años yo tenía que fijarme bien para distinguir quién era chico y quién era chica. Andaban vestidos con vaqueros andrajosos, camisetas pintadas y joyas estrafalarias. Se dejaban crecer el pelo y lo llevaban desgreñado y enredado como el musgo que cuelga de un árbol. Desde mi ventana no siempre podía distinguir si sus acompañantes esporádicos eran amigas o novios.

No hubo lugar a dudas, sin embargo, la noche que vi el beso obsceno frente a nuestro edificio. A la luz del farol, pude ver claramente todo el espectáculo. Aunque no quería que supiera que la observaba de manera clandestina, una noche me alarmé al ver el manoseo y las caricias desvergonzadas. Era el poeta, Gerald, al que abrazaba una noche. El muchacho parecía necesitar una buena noche de descanso, comida caliente y un cepillo para el pelo. Yo no comprendía lo que ella veía en él. Tal vez su encantamiento con las palabras y la poesía estaban personificados en el muchacho desaliñado. Sabía que tenía que decirle algo acerca de la exhibición en la calle. Entró en el apartamento precedida por la estela de aquel aceite de pacholí que impregnaba su persona y todo lo que ella tocaba. Era un olor pagano, que hacía surgir en mi mente imágenes de gente desnuda que bailaba alrededor de un fuego. Yo estaba sentada en la sala a oscuras, así que la sobresalté cuando la llamé por su nombre.

—Elenita. Por favor, ven un momento, niña —dije, tratando de calmarme antes de hablarle.

—¿Qué haces despierta a esta horas, Mamá? Oye, ¿has estado espiándome?

—*Yo* hago las preguntas, Elenita. —Alargué la mano y encendí la luz. Se llevó las manos rápidamente a la cara para tapársela como si tuviera algo que esconder. Pero enseguida recuperó su pose rebelde.

—¿Te has puesto a pensar en lo que diría la gente del barrio si te viera teniendo relaciones con un hombre en la acera?

—¡Sí estabas espiándome!

Estaba furiosa, como me lo esperaba, pero yo estaba decidida a decirle lo que pensaba.

—Te olvidas de algo, hija —hablé pausadamente para que supiera que no tenía intenciones de dejarme intimidar por su rabia—. Tú vives en mi casa. Y mientras ésta sea tu casa, nos responderás a mí y a tu padre por tu comportamiento moral.

—Entonces tal vez es hora de que me vaya de *su casa* —contestó con aspereza. Y la forma en que dijo "su casa" me dolió—. Tal vez no te has dado cuenta, clavada como estás dentro de estas cuatro paredes, de que se ha estado llevando a cabo una revolución sexual en el mundo real. —Siguió hablando en el mismo tono sarcástico—. Ya no hay que pedirles permiso a los padres ni a nadie antes de hacer el amor. ¡Es un asunto personal, Mamá!

—Yo llamo eso a lo que te refieres comportamiento inmoral, hija. Si te refieres a que el que las muchachas les ofrezcan su cuerpo a muchos hombres no es pecado, entonces te equivocas. El cuerpo es un templo . . .

—¡Mi cuerpo es *mi* templo, y yo llevaré a cabo las ceremonias religiosas como me dé la gana!

Me di cuenta de que nunca podía esperar ganar una batalla de palabras con mi hija: eran su especialidad. Para esa época ya sabía usar la lengua para su beneficio como no había visto a nadie hacerlo. Así que saqué mi arma más peligrosa, la última que tenía. Temblando de miedo dije: —No puedo vivir contigo si te has entregado a una vida de pecado. No quiero que te vayas, pero te has vuelto una desconocida.

Me miró horrorizada. Yo sabía que la había sacudido porque ella pensaba que mi devoción a ella era más grande que mis objeciones a cualquier cosa que ella pudiera hacer. Y lo era. Estaba jugando este juego de azar, arriesgando toda mi vida y mi alma —porque no podía renunciar a mi hija así como no podía dejar de respirar— con la esperanza de que comprendiera la gravedad de nuestro dilema moral.

—¿Me estás botando?

Se había desplomado en el piso frente a mi sillón. Con su montón de harapos brillantes disperso a su alrededor, parecía encogerse y convertirse en una niñita otra vez. Resistí la necesidad de consolar a mi hija, manteniendo mis manos bien juntas para evitar tenderle la mano.

—No, Elenita —hablé con firmeza aunque sentía que el miedo me estrangulaba la garganta—. Te estoy diciendo que si los principios morales que te enseñamos no significan nada para ti, entonces hemos dejado de ser una familia. Debes tomar una decisión. Si quieres vivir sin reglas, debes buscarte una vida lejos de nosotros. Por tu cuenta.

Ella se dejó caer de rodillas contemplándome incrédula, como si de pronto yo me hubiera convertido en un monstruo justo enfrente de sus narices. Nunca se había percatado de que yo también me podía rebelar contra la injusticia.

—Tú no comprendes, Mamá. Las cosas han cambiado en el mundo. Una mujer moderna toma sus propias decisiones . . . Tiene la libertad de escoger.

Ahora ella me iba a echar un sermón sobre el amor libre, pero la interrumpí.

—Nada que tenga valor para tu vida es gratis, Elenita. Nada. ¿Entiendes? Ni siquiera el amor. Especialmente el amor. Mira a tu alrededor. Las mujeres siempre han pagado caro el amor. El precio más caro. Te estoy diciendo que si quieres ser adulta, tienes que aprender la primera lección: el amor te costará. No es gratis.

Ella permaneció sentada escuchando mis declaraciones. No de la forma en que la gente suele procesar las cosas. No *mi* Elenita. Ella estaba interpretando y transformando lo que le había dicho dentro de esa mente incognoscible que tenía. Y cuando yo volviera a escuchar mis propias palabras otra vez, de la boca de ella, me sonarían ajenas.

Mi plan era dejarla sola, para variar, dejarla allí pensando acerca de las opciones que le había ofrecido. Pero no pude contenerme. Cuando pasé por el lado de mi niña tiesa con su vestido pagano, le acaricié el pelo. Ella posó su cabeza despeinada dentro del círculo de mis brazos por un breve momento, luego corrió a su habitación para ahogar el mundo con sus discos. Recordaré esa noche como el principio del fin del peor año de la historia de padres e hijos: 1968, el año de nuestra revolución.

María Sabida

Había una vez una muchacha tan inteligente que era conocida en todo Puerto Rico como "María Sabida". María Sabida nació con los ojos abiertos. Dicen que en el momento de su nacimiento le habló a la comadrona y le dijo qué hierbas debía usar para hacer un guarapo especial, un té que haría que su madre se restableciera inmediatamente. Dicen que las dos mujeres habrían creído que la niña estaba poseída por el demonio si María Sabida no las hubiera convencido con sus descripciones de la vida en el cielo de que estaba tocada por Dios y no engendrada por el demonio.

María Sabida creció durante la época en que el rey de España era dueño de Puerto Rico, pero él se había olvidado de enviar la ley y la justicia a esta islita perdida en el mapa del mundo. Y así, ladrones y asesinos merodeaban aterrorizando a los pobres. Para cuando María Sabida estaba de edad casadera, uno de esos ladrones se había apoderado del distrito donde ella vivía.

Por años la gente había sido presa del abuso de este malvado y sus secuaces. Robaba el ganado y luego hacía que le compraran las vacas. Cogía las mejores gallinas y productos frescos cuando venía al pueblo los sábados por la tarde montado a caballo y galopaba por los puestos que los campesinos habían levantado. Les volcaba las mesas y les gritaba: "Pónganmelo en mi cuenta". Pero, desde luego, nunca pagaba por nada de lo que cogía. Un año varios niños desaparecieron mientras iban caminando hacia el río y, aunque la gente del pueblo buscó y buscó, nunca se encontró ni rastro de ellos. Ahí fue que María Sabida entró en el panorama. Tenía quince años entonces y era una muchacha hermosa, con la valentía de un hombre, según dicen.

Cuando el jefe de los ladrones pasó por el pueblo otra vez haciendo destrozos, María Sabida lo vigiló. Vio que era un hombre joven: tenía la piel roja y tosca como el cuero. Cuero y sangre, nada más, se dijo. Y así se preparó para conquistarlo o para matarlo.

María Sabida siguió el rastro de los caballos bien entrado en el bosque. Aunque el pueblo se había quedado bien atrás, nunca se sintió atemorizada ni perdida. María Sabida sabía leer las direcciones en el sol, la luna y las estrellas. Cuando le daba hambre, sabía qué frutas podía comer, qué raíces y hojas eran venenosas, y cómo seguir las pisadas de los animales hasta llegar a una charca. Por la noche, María Sabida llegó a la orilla de un claro en medio del bosque donde había una casa grande, casi como una fortaleza.

—Ninguna mujer ha puesto el pie en esa casa —pensó— esto no es una casa, sino una guarida para hombres. —Era una casa construida para la violencia, sin ventanas en el primer piso, pero con torreones en el techo donde los hombres podían vigilar con pistolas. Esperó hasta que casi oscureció y se acercó a la casa por el lado de la cocina. La encontró por el olor.

En la cocina, donde ella sabía que tenía que haber una puerta o una ventana para la ventilación, vio a un anciano revolviendo una olla grande. De la olla salían bracitos y piernas. Enojada por lo que veía, María Sabida entró en la cocina, le dio un empujón al anciano, alzó la olla y echó su horrible contenido por la ventana.

—Bruja, bruja, ¿qué has hecho con la sopa de mi amo? —gritó el anciano—. Nos matará a los dos cuando regrese y vea que ha echado a perder su comida.

—Anda, viejo asqueroso. —María Sabida agarró al anciano por la barba y lo levantó—. Tu amo va a tener la mejor comida de su vida si sigues mis instrucciones.

Entonces María Sabida procedió a preparar el asopao más delicioso que el anciano había probado, pero no le contestaba preguntas sobre ella, sino que se limitaba a decir que era la novia del amo.

Cuando acabó la comida, María Sabida se estiró y bostezó, y dijo que subiría a descansar hasta que llegara su prometido. Subió las escaleras y esperó.

Los hombres llegaron y se comieron vorazmente la comida que María Sabida había preparado. Cuando el jefe de los ladrones elogió al anciano por la exquisita comida, el cocinero admitió que había sido la prometida quien había preparado el sabroso asopao de pollo.

—¿Mi qué? —vociferó el líder—. Yo no tengo prometida —y él y sus hombres subieron las escaleras corriendo. Pero había muchos pisos y, para cuando iban por la mitad, muchos de los hombres habían caído inconscientes y los otros subían muy despacio, como si se arrastraran, hasta que también cayeron presas de un sopor irresistible. Sólo el jefe de los ladrones consiguió llegar hasta donde María Sabida lo estaba esperando sujetando un remo que había encontrado entre las armas. Haciendo un esfuerzo por mantener los ojos abiertos, él le preguntó: —¿Quién eres y por qué me has envenenado?

—Soy tu futura esposa, María Sabida, y no estás envenenado; le añadí al asopao un soporífero especial que sabe a orégano. No te vas a morir.

—¡Bruja! —gritó el jefe de los ladrones— te mataré. ¿Acaso no sabes quién soy? —Y tratando de alcanzarla, cayó de rodillas. María Sabida lo golpeó con el remo hasta que lo dejó acurrucado como un niño en el piso. Cada vez que él trataba de atacarla, ella lo golpeaba un poco más. Cuando se dio por satisfecha de que él estaba vencido, María Sabida salió de la casa y regresó al pueblo.

Una semana después, el jefe de los ladrones entró en el pueblo cabalgando otra vez con sus hombres. Para entonces todo el mundo sabía lo que María Sabida había hecho y tenían miedo de la venganza de estos malvados. —¿Por qué no lo mataste cuando tuviste la oportunidad, muchacha? —le habían preguntado muchas mujeres del pueblo a María Sabida. Pero ella sólo había respondido misteriosamente: —Es mejor conquistar que matar. —Entonces los habitantes del pueblo se atrincheraron detrás de las puertas cerradas cuando oyeron el ruido de los caballos de los ladrones que se acercaban. Pero la pandilla no se detuvo hasta que llegó a la casa de María Sabida. Allí los hombres, en vez de pistolas, sacaron instrumentos musicales: un cuatro, un güiro, maracas y una harmónica. Entonces tocaron una melodía preciosa.

—María Sabida, María Sabida, mi fuerte y sabia María —gritó el jefe, sentado muy derecho en su caballo bajo la ventana de María Sabida— sal y escucha la canción que te he compuesto. Le he puesto de título "La balada de María Sabida".

Entonces María Sabida apareció en el balcón vestida de novia. El jefe de los ladrones le cantó su canción: una alegre melodía acerca de una mujer que tenía el valor de un hombre y la sabiduría de una juez, y que había conquistado el corazón del mejor bandido de la Isla de Puerto Rico. Tenía una voz fuerte y toda la gente que se había encerrado muerta de miedo en sus casas escuchaba su tributo a María Sabida y se persignaban ante el milagro que ella había obrado.

Uno por uno salieron todos y pronto el batey de María Sabida estaba lleno de personas que cantaban y bailaban. Los ladrones habían venido preparados con barriles de vino, botellas de ron y un bizcocho de boda que el viejo cocinero había preparado con la suave tela de los cocos. El jefe de los ladrones y María Sabida se casaron ese día. Pero no todo se había arreglado entre ellos. Esa noche, mientras ella cabalgaba detrás de él en su caballo, sintió la daga que él escondía bajo su ropa. Entonces supo que aún no ganaba del todo la batalla por el corazón de este hombre.

En su noche de bodas María Sabida sospechaba que su esposo quería matarla. Después de la cena, que el hombre había insistido en preparar él mismo, subieron a sus habitaciones. María Sabida le pidió que la dejara sola por un momento para prepararse. Él le dijo que iba a dar un paseo pero que regresaría pronto. Cuando lo oyó salir de la casa, María Sabida bajó a la cocina y sacó varios galones de miel de la despensa. Regresó al cuarto y moldeó una muñeca de tamaño natural con su ropa y la rellenó con miel. Entonces apagó la vela, cubrió la figura con una sábana y se escondió debajo de la cama.

Después de un ratito, oyó que el esposo subía las escaleras. Entró de puntillas al cuarto oscuro pensando que ella estaba dormida en el lecho nupcial. Asomándose por debajo de la cama, María Sabida vio el destello del cuchillo que su esposo sacó de la camisa. Como una pantera feroz saltó a la cama y apuñaló el cuerpo de la muñeca una y otra vez con su daga. La miel le salpicó la cara y le cayó en los labios. Asombrado, el hombre saltó de la cama y se lamió los labios.

—¡Qué dulce es la sangre de mi esposa! ¡Qué dulce es María Sabida muerta; qué amarga cuando estaba viva y qué dulce muerta! Si hubiera sabido que era tan dulce, no la habría asesinado —Y al declarar esto, se arrodilló al lado de la cama y le rezó al alma de María Sabida para pedirle perdón.

En ese momento, María Sabida salió de su escondite. —Esposo, una vez más te he engañado, no estoy muerta. —En su alegría, el hombre arrojó el cuchillo y abrazó a María Sabida, jurando que nunca más mataría ni robaría. Y cumplió su promesa, pues, con el correr de los años, se convirtió en un campesino honrado. Muchos años más tarde se le eligió alcalde del mismo pueblo que había aterrorizado con su pandilla de ladrones.

María Sabida hizo una verdadera casa de la guarida de los ladrones y tuvieron muchos hijos juntos, y todos ya sabían hablar al nacer. Pero, dicen que María Sabida siempre dormía con un ojo abierto, y es por eso que llegó a los cien años. Fue la mujer más sabia de la Isla y su nombre se conoció hasta en España.

Para lo que sirve el mañana

Después de veinte años en el continente
Mamá ha regresado a la Isla
a dejar que la piel
se le derrita en los huesos
bajo su sol nativo.
Ya no se pone medias,
ni fajas, ni ropa apretada.
Marrón como un coco,
toma siestas en una hamaca
y me escribe cartas que dicen:
"Deja de perseguir tu propia sombra, niña,
ven para acá y prueba la piña,
guarda esos pesados libros,
no te preocupes por tu figura,
aquí en la Isla los hombres buscan
mujeres que puedan llevar unas libritas.
Cada día de guardar,
prendo velas y rezo
con tal de que tu cerebro no se raje
como la semilla de un aguacate
de tanto estudiar.
¿Qué te parece?
Abrazos de tu Mami y una bendición
de ese santo, Don Antonio, el cura".
Le contesto: "Algún día volveré
a tu isla y me engordaré,
pero ahora no, Mamá, tal vez mañana".

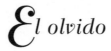l olvido

Es peligroso
olvidar el clima de tu lugar natal
ahogar las voces de parientes muertos
cuando en sueños te llaman
por tu nombre secreto.
Es peligroso
despreciar la ropa que naciste para llevar
por amor a la moda; peligroso es
usar armas e instrumentos punzantes
que no te son conocidos; peligroso es
desdeñar los santos de yeso
ante los cuales tu madre se arrodilla
para rezar con un fervor que avergüenza
para que tú sobrevivas en el lugar donde has escogido vivir:
un cuarto desnudo, frío, sin cuadros en las paredes,
un lugar olvidado donde ella teme que morirás
de soledad y abandono.
"Jesús, María y José", dice,
"el olvido es peligroso".

Acerca de la autora

Judith Ortiz Cofer es autora de varios libros premiados. *An Island Like You: Stories of the Barrio* recibió el premio Pura Belpré en 1995 y apareció en las listas: Mejores Libros para Jóvenes Adultos de la American Library Association y Mejores Libros del Año de Horn Book/Fanfare. Sus poemarios incluyen *Terms of Survival* y *Reaching for the Mainland.* Sus textos han aparecido en publicaciones como *Glamour, Kenyon Review, The Norton Book of Women's Lives* y *Best American Essays.* Su novela *The Line of the Sun* fue publicada en 1989. En 1997, su libro de memorias *Silent Dancing* fue traducido al español como *Bailando en silencio: Escenas de una niñez puertorriqueña.* Nacida en Hormigueros, Puerto Rico, Judith Ortiz Cofer es catedrática de inglés y escritura creativa en la Universidad de Georgia en Athens.